JN059797

バリキャリですが転生して王子殿下の溺愛秘書として頑張ります!!

火崎 勇

Illustration
池上紗京

gabriella books

バリキャリですが転生して王子殿下の溺愛秘書として頑張ります!!

contents

夢のような現実。

憧れの一流商社で、女性ながら営業職に就《つ》けた時、私はそう思った。

頑張って勉強してよかった、何もかも捨てて目的のために邁進《まいしん》してよかった、と。

世界を股に掛けるバリバリのキャリアウーマンになるのが夢だったのだもの。それが叶《かな》って、この世の春だった。

親には嫁き遅れると嘆かれても、買い付けに、売り込みに、世界を飛び回ることが幸福だった。

インドへスパイスを買い付けに行った帰り、飛行機事故に巻き込まれるまでは。

揺れる機体、降りてくる酸素マスク、あちこちで上がる悲鳴。

キャビンアテンダントの指示に従って、頭を抱え込むように身を丸めながら、これこそ夢に違いない。悪い夢を見ているのだ。

扉が開いてしまった頭上の荷物入れから落ちてきた誰かの荷物が当たって気を失ったのは、幸いと言えるかもしれない。

そのお陰で、飛行機が墜落する瞬間を味わわなくて済んだのだから。

怖い。

死にたくない。

今まで一生懸命頑張ってきたのに、これからも頑張るつもりだったのに、こんなところで終わりたくない。

そんな思いで再び目を開けると、目の前には絶対飛行機のものではない天井《てんじょう》があった。

アイボリーの天井に花の絵。

どう見ても高級ホテルのそれだ。

助かったんだわ。

病院じゃないのは不思議だけれど、きっと私は無傷で、救助してくれた国のホテルに優先的に配されたのだろう。

支払いが怖そうなほどいい部屋だけど、きっと航空会社が払ってくれるわ。

そう思ってほっと一息ついた時、誰かが私に声をかけた。

「まあ、お目覚めになりました？」

日本語スタッフがいるのね。やっぱりいいホテルだわ。

「おはようございます。お熱がさがりましたから、お腹《なか》もお空《す》きでしょう」

食事も用意してくれてるの？　声のする方に顔を向けると、アナクロなメイド服の女性が微笑《ほほえ》んでいた。

これはいよいよ高級ホテルね。

メイドの顔立ちは洋風なのに、こんなにも日本語を流暢《りゅうちょう》に操るスタッフがいるのだもの。

「起きられないようでしたら、お食事はこちらに運びましょうか？　お嬢様」

お嬢様ですって。

もう三十を過ぎた私には恥ずかしい呼称《こしょう》ね。

「お一人で起きられます？」

あら、やっぱり怪我《けが》をしているのかしら？　そんな心配をされるなんて。

「大丈夫よ」

と答えた自分の声に違和感を覚えた。

……今の、私の声？

まるで子供みたいな高い声。

「皆様に、アンジェリカ様がお目覚めになったとお知らせいたしませんと」

アンジェリカって、誰？

私以外に誰かがいるの？

ベッドの上に身体を起こしてキョロキョロと見回した時、自分の服装に気づいた。

飛行機に乗っていた時は、いつもの紺のスーツだった。

病院に運ばれたなら、パジャマには着替えているだろうと思った。

けれど私が着ていたのは、レースがいっぱい付いた白いネグリジェで、それを纏《まと》っている身体は、私の身体よりもずっと小さい。

「……え？」

手も小さい。

腕も短い。

触《さわ》った顔も小さい。

何もかもが小さすぎる。

「……何これ？」

「アンジェリカ様？」

「何これ！」

「お嬢様」

ベッドから飛び下り、周囲を見回すと、大きな姿見があった。

駆け寄って鏡を覗《のぞ》くと……、そこには見知らぬ少女が立っていた。

金色の長い髪、青い瞳に白い肌。外国の子役かモデルみたいな、白いドレスのようなネグリジェを着た小さなレディ。

「これ……、誰？」

これは鏡じゃないの？

真実を映すものじゃないの？

「どうなさったんです、アンジェリカ様」

でも背後から近づいてきたメイドは、そのままの姿で映っている。

ではこの少女が私？

「違う……。こんなの私じゃないわ！」

けれど、叫んだ声も、私のものではなかった。

見慣れた『自分』は、この部屋のどこにもいない。

『どこにも』いなかった。


夢のような現実。

私にとっては、望み憧れた生活ができることを意味していた言葉。

けれど今の私にとっての意味は、考えられないような生活、という意味に変わっていた。

キャリアウーマンとして働いていた三十過ぎの日本人の女性、桜田明美《さくらだあけみ》という『私』は、アンジェリカという五歳の少女になっていた。

これが夢でなくて何だというのだろう。

しかも、地球のどこか別の国に転生したというならまだしも、そうは思えない世界に。

だって、混乱し、騒ぐ私のもとへ、呼ばれた医師も、駆けつけた両親と兄弟と思われる人達。その彼等の服装は、とても現代とは思えないもの。女性はドレス、男性は確かコートとウエストコートとかいう上着のセット。

つまり、男女共に中世ヨーロッパの出で立《いでた》ちだったのだ。

しかも全員、金髪とか茶髪で、目も青だの緑だの茶色。顔立ちも彫りが深く、とにかく、絶対に日本人ではない人達だった。

こんな姿で生活している人々のいる国を、私は知らない。

ここは異世界なのだ。

けれど全員が、『普通ではなくなった』アンジェリカ嬢を、心から心配していた。

外見は五歳児でも、中身は大人なので、そんな彼等の様子を見てだんだん冷静さを取り戻してきた。

最後の記憶である飛行機事故で、私は死んだ。

そしてアンジェリカとしてこの世界に転生した。

……受け入れ難いことだけれど。

周囲の人間の会話から、アンジェリカはどうやら病気で高熱を出していたらしい。おそらくそのせいで、前世の記憶が蘇《よみがえ》ったのではないだろうか。

少し違うが「高熱を出されたせいで、少し混乱なさっているのでしょう」と、医師も似たような答えを出したし。

もしかしたら、飛行機事故で死にゆく私がこういう夢を見ているのかもしれない。その方が転生よりまだ現実的だ。

そう思って思いきり自分の手をつねってみたら痛かったし、またみんなに心配された。

どちらにせよ、抜け出すことができない以上、今の私にとってはこれが唯一の現実。

受け入れるしかない。

私はここで生きていかなければならないのだ。

そこで私は『高熱を出したせいで混乱している』という医師の診断に乗っかって、ブリッ子全開の芝居を決め込んだ。

「アンジェリカ、よくわかんない。頭がくらくらするぅ」

心の中では羞恥心に苛《さいな》まされながら。

医師の最終診断は、『暫《しばら》く安静にしていれば戻る』とのこと。というか、それ以外に対処法を考えつかなかったと言うべきだろう。

その言葉に従って、私はベッドの住人となり、寄り添ってくれたメイドから情報を仕入れることにした。

私のフルネームはアンジェリカ・ルナ・アーリエンス。

アーリエンス侯爵家の末っ子で、上には兄が三人、姉が三人いる。

目覚めた部屋からもわかるように、家はとても裕福で、父親は大臣職にあるらしい。

この国の名前はクラックといい、貴族がいることからもわかるように、王政。

時代的には中世だが、文化的進化は私の知っている中世と少し違っているみたいだった。

まず紙が豊富にある。

メイドが私に持ってきた本を見て、私は驚いた。

中世では紙はまだ貴重品で、子供の絵本などに使うほどの余裕はなかったはずだ。

印刷技術もある、ということは産業革命後くらいの水準なのかもしれない。

正確な時計もあり、眼鏡も現代風のものがある。

貴重品っぽいが、ゴムもあった。

それと、私がメイドだと思っていたのは侍女だった。

メイドと侍女が違うとは知らなかったが、メイドは雑用係、侍女は世話係と思えばいいようだ。

つまり、身の回りの世話をしてくれる者は侍女で、私に付いているのはエリザという女の子だった。

立場的にはメイドより侍女の方が上らしい。

男性も、召し使いと侍従がいて、違いはメイドと侍女の違いと同じようなもの。更に執事も三人いるらしいが、執事長はセバスチャンという年配の男性だった。

だがセバスチャンとはほとんど会話をすることはなく、私の世話はエリザ一人が担当している。

着替えから食事の世話、歩き回っている時には背後についてきて、お風呂も彼女が入れてくれる。

そう、お風呂。

水道が完備され、蛇口を開くとお湯が出るのにも驚いた。

お風呂用にのみ使われているらしいが、ボイラーのようなものがあって、入浴時に温めた水が出る仕組みになっているらしい。

他にも色々ありそうだが、私はまだ五歳なのでその辺のことは知らなくても許される。おいおい調べてゆけばいいだろう。

そう、私はまだ五歳。

自分が『アンジェリカ』であると認めたからには、『アンジェリカ』として生きてゆかねばならない。

もう一度人生をやり直すのだ。

状況を把握し、周囲を安心させると、私は勉強がしたいと告げた。

何になるにしても、まずは勉強よ。

知識を得て、道を切り拓《ひら》くのよ。

勢いこんだのはいいけれど、貴族の子女の勉強というものは私の想像していたものとは少し違っていた。

社交マナー、美しい所作、ダンス、刺繍《ししゅう》、楽器、詩の暗唱、乗馬。

言っては悪いが、それが何の役に立つの？　と言いたくなるような優雅なことばかり。

いや、侯爵令嬢には必要なことなのだろうけど。

私のしたい勉強はこういうのじゃないのに、と思っても、まずはこれをこなさないと好きなことはできないらしい。

想像してみて欲しい。

テレビもない、ラジオもない、スマホもパソコンもネット環境もなく、出掛けるテーマパークもない。

そもそも侯爵令嬢は一人で外に出ることなど許されず、買い物だって親が買ったものを与えられるか、商人を家に呼んで、彼等が持ってきたものを選ぶか、なのだ。

ウインドウショッピングすらできないのだ。

となれば、持て余す長い時間は、勉強に費《つい》やすしかないではないか。

五歳の時からやる気になって学べば、どんなことだって大抵はできるようになる。

しかも私は基礎的な知識も持っているし、教えられることを理解する頭もある。

ここの人達には運動という概念がないから、一人夜中にこっそりラジオ体操やストレッチをやって、貴族のお嬢様には考えられない体力を保持することもできた。

なので、十代に入ると、私は『やらなければならないこと』を全て修了してしまった。

普通、それらのことを完璧にこなせるようになるのは、結婚適齢期になる頃で、教養を得たならすぐに社交界デビューとなるのだが、いわば私は飛び級で大学を卒業したようなもの。

社交界にデビューする年齢には達していなかったので、今度こそ、自分の望む勉強をすることができた。

歴史や地理等だ。

この世界は本が充実していたので、家庭教師から学ぶ以外にも、独学で勉強することができた。

特筆すべきは、私には天啓《てんけい》があったこと。

天啓、というのはこの世界特有なもので、神様（私は無神論だが）が、稀《まれ》に授けてくれる才能のことを指す。

馬術の天啓があれば、生まれた時から馬に好かれ、馬と心を通じることができ、乗馬の腕が格段に上がる。

料理の天啓があれば、味覚が繊細になり、料理が上手《うま》くなる。ダンスの天啓があれば、身は軽やかで柔軟性を得て、音感にすぐれた一流の踊り手に。

とにかく、天啓という天賦《てんぷ》の才を与えられれば、その道のプロになれるわけだ。

私には、語学の天啓があった。

元々前世でも仕事柄英語、中国語、スペイン語など、かなりの数の言語に精通していた。……あの時は必死になって勉強したんだけど。

天啓は神様が与えてくれるもの、つまり何の努力も必要なく、私は語学のスペシャリストになっていた。

どこの国の言葉でも読めるし、私が話す言葉は誰もが母国語に聞こえる。

何てチートな能力。

ああ、もし前世でこの能力があったら、もっともっと楽に仕事ができたのに。

まあそんな訳で、私は一日中書庫に入り浸って、片っ端から本を読みあさった。

「大変優秀なお嬢様でございます」

という家庭教師の言葉に気を良くしたお父様は、私が新しい本を買うことにも寛容《かんよう》だった。

七人兄弟の七番目という点もあったかもしれない。

社会進出が必須なお兄様もそうだけれど、まだ子供である私のことより、既に適齢期のお姉様三人の社交界デビューと、結婚相手を探すことの方が優先。

本を読んでいれば満足している手の掛からない末っ子は、まだ好きにさせておけばいいと思ってくれたのだろう。

侯爵令嬢が勉強しても、それを活《い》かす場所がないのはわかっている。

でも何も努力しないで諦めるのは性に合わないので、一応「大人になったら働きたい」という希望は、ことあるごとに両親に上申《じょうしん》していた。

笑って流されたけど。

先のことはどうなるかわからない。

でも何とかなるわ、きっと。

異世界転生なんてしちゃったのだもの、きっと思いもよらない何かが起こって、我が国初の女大商人になったりするかもしれない。

人生、ポジティヴシンキングよ。

この世界に慣れ、アンジェリカであることにも慣れ、私は悠々自適な生活をエンジョイしていた。


「アンジェリカ。お前に尋ねたいことがある」

王都詰めのお父様が珍しく領地にお戻りになった途端、私はお父様に呼び出されてしまった。

テーブルの上に置かれた書類の束を見れば、呼び出された用件も、浮かない顔の理由もよくわかった。

「何でございましょう？」

でも一度はすっとぼけてみる。

「この請求書の束は何だ？」

「本の請求書だと思います」

はっきりと答えると、途端にお父様の怒声が飛んだ。

「自慢げに言うな！」

「でも、とても貴重な本ばかりですのよ？　我が家の財産になりますわ」

「そんな財産など蓄えなくても、我が家にはもっと貴重なものがある」

「もちろんですわ。ただ私は無駄ではない、と言いたいだけです」

「無駄ではない？」

お父様がジロリと睨《にら》み、請求書を読み上げた。

「灌漑《かんがい》工事の手引き書、染色《せんしょく》辞典、金利と金融、貿易革命、服飾の歴史。これのどこが財産になるというのだ。侯爵家の娘には不要なものばかりだ」

「珍しい本ですわ。一般にあまり流通していない。それにお兄様が読まれるかも」

「金融や貿易の本はまだしも、兄たちが服飾辞典を読む、と？」

「奥様との会話に役立つかも」

「アンジェリカ！」

再びカミナリが落ちる。

「金を使うなというのではない。我が家はお前の浪費で傾くような家ではないからな」

「浪費だなんて……」

「浪費だ」

お父様はピシリと断言した。

その後で表情を怒りから落胆に変え、ホウッとため息をつく。

「お前が優秀なことはわかっている。だがお前は女なのだ。侯爵家の娘だ。いつかはよい家に嫁ぐ身だ。本を読むよりも先にすることがあるだろう」

「そういうものは皆、勉強し終わりました」

「……確かに、教養は十分だとは言われているが」

「ですから他にすることはないのです」

「それならば、社交界にデビューするか？　そろそろアンジェリカもいい年頃だし」

「嫌です」

「嫌？」

「前から言ってるじゃありませんか。私は働きたいのです。もちろん、侯爵令嬢が働くのが外聞が悪いというのはわかってますわ。ですから、私は家を出て、身分を隠して働こうと思うのです。婚姻による勢力拡大についてはお姉様達がいらっしゃるし、既に我が家の勢力は国内トップクラス。私ごときが結婚を避けたからといってマイナスにはなりませんわ」

「……アンジェリカ」

「それどころか、嫁入り支度にかかるお金を使わなくて済むのですから、むしろプラス。私が仕事で稼ぐようになれば、更にプラスになります」

どうです？

いい考えでしょう、と胸を張ったが、反応は思っていたものとは違っていた。

「お前はまだそんなことを言っているのか！」

空気が震えるほどの怒声。

こんなに怒っているお父様を見たのは初めてだわ。

「あ……、あの……。悪い考えではないかと……」

慌ててフォローを入れたが、焼け石に水。

それどころか火に油だったようだ。

「悪い考えじゃない、だと？　侯爵家の娘が結婚もせず、身分を隠して市井《しせい》で働くことが、悪い考えじゃない、と？」

目が怖い。

「今まで好きにさせていたのは、社交界に出るまでのことだと大目に見ていたからだ。決してお前を家から出すためではない！」

「お父様、そんなに怒るとお身体にさわりますわ……」

「誰が怒らせているんだ！」

「……私、ですか？」

「疑問形で言うな。お前だ」

ビシッ、と指さされて断言される。

今までは諦めたように、『もう行っていい』と投げられたのだけれど、今日はマズい気がする。

でもここで怯《ひる》んだら、きっとすぐに社交界デビュー、結婚のルートに乗せられてしまうだろう。

貴族の奥方になって退屈な一生を送るのは嫌よ。

「働くことは尊いことですわ。いかがわしい仕事には就かないと約束いたします。ですからどうか、私が働くことをお許しください」

その場に跪《ひざまず》き、私は祈るように両手を合わせて懇願した。

「お願いです。お父様」

いつもなら、ここまでやれば折れてくれるのだが、今日はやはり違っていた。

「お前はアーリエンス家を捨てる、というのか」

「いえ、そういうわけでは……」

「よかろう。お前が家を捨てても働きたいというなら、働かせてやる」

「本当ですか？」

あら、意外な急展開。『もう我慢ならん、社交界デビューだ！』と言われると思ったのに。

「だがその仕事は私が選んでやろう。アーリエンス家の娘と知られても恥ずかしくないようなものをな。それ以外で働くことは許さん。もしもそれが嫌なら、すぐに社交界デビューだ」

「……それは、どんなお仕事でしょうか？」

私が問いかけると、お父様はにやりと笑った。

「楽しみにしているがいい。その仕事を辞めた時にも、すぐに社交界デビューだからな」

まるで悪役のような顔で。


という訳で、私は働くために王都へ移った。

お母様やお兄様、お姉様達は同情の視線と慰めの言葉をくれたけれど、私にとっては希望の旅立ちだ。

やっと身体を動かして働くことができるのだもの。

お父様が紹介してくれた仕事は侍女だった。

侯爵家の娘が侍女、というと驚くけれど、その勤め先が王城ならば納得する。

王宮務めの侍女、ということは王族に仕えること。

この仕事なら、侯爵家の令嬢でも言い訳が立つ。王家のために働くことは、国民にとって当然のことなのだから。

「ここに務める方は全員が貴族の子女です」

侍女頭のエリソン夫人は、困惑した様子ながらも、厳しい視線で私を見つめた。

面談の小部屋には、私と夫人の二人きり。

小さなテーブルを挟んで、就職の面接のよう。まあ、私がここで働くことはもう決まっていて、荷物も運び込まれているのだけれど。

「ですが、侯爵家のお嬢様が入られるのは初めてですわ」

それはそうだろう。

ここで働くことがわかってから調べたのだが、王室で働く女性には幾つかのランクがある。

まずは王城全体で働くメイド。これが一番数が多く、商家の娘など庶民の出の者。来客などの世話をする侍女も庶民出身が多いが、准男爵や男爵家の者も稀に混ざっている。

彼女達より上に位置するのが、奥向きのメイドと侍女。

直接王族と接することになるので、今エリソン夫人が言ったように全員貴族だ。

金銭的に不自由な男爵、子爵、伯爵家の娘が金銭を得るために、お金に余裕はあっても次女や三女など結婚の順番が後回しになる者が、行儀見習いをかねて送り出される。

王宮の奥向きで働いたとなれば、行儀作法も折り紙付。更に優秀であれば、縁談も世話してもらえる。

王城に出入りしている上流貴族との出会いも期待できる。

もしかしたら、王族に見初められることもあるかもしれない。

なので、就職希望者は少なくないが、その分狭き門だ。

「アーリエンス侯爵からお話は伺っています。アンジェリカさんはお勉強がお好きで、王室の書庫への立ち入りを望むためにこちらで働きたいとか」

それはお父様が考えた私の就職希望理由。

働きたくて、嫁にいくのが嫌だから、などとは言えなかったのだろう。でもその理由には私も賛同した。

王室の書庫だなんて、何て魅力的な。

「はい。その通りです」

私が答えると、エリソン夫人は頷《うなず》いた。

「陛下にご相談申し上げたところ、特別に許可なさるということです」

「まあ、嬉《うれ》しい」

やった。

それだけでもここで働く楽しみがあるということだわ。

私の喜びようを見て、エリソン夫人はコホン、と小さく咳払《せきばら》いをした。

お静かに、という合図だと察し、居住まいを正す。

「陛下と王妃様のお世話は熟練の者が承りますので、あなたは王子達のお世話に回っていただきます」

「はい」

「ですが、王子の下で働くにはあなたは美し過ぎます。アーリエンス侯爵令嬢という身分も、いらぬ想像をさせることになるでしょう」

それは王子狙いで侯爵が娘を送り込んだと思われる、ということね。

でも私は相手が王子様であっても、結婚に興味はない。

「もちろん、私がアーリエンス家の娘であることは伏せていただいて結構です。お母様のご実家のロエル伯爵家を名乗ろうと思います」

彼女の言うことは、既に想定済みだ。

「私は社交界にデビューしてはおりませんが、我が家を訪れた方が私に気づく可能性もあるかと思いまして、こんなものも用意してまいりました」

そう言って私が取り出したのは、黒縁の眼鏡。

「髪は引っ詰め髪にし、この眼鏡をかければ、地味な侍女となれるのでは？」

度は入っていないが、わざと選んだ太い黒縁の眼鏡は、顔立ちを隠してくれることだろう。それを証明するために、私は眼鏡をかけてみた。

レンズの向こう、エリソン夫人が角度を変えながら吟味する。

「本当にそれでよろしいのですか？」

「はい。私の興味は書庫だけです」

「……わかりました。それでは仕事の細かい説明をいたしましょう」

親のコネではあるけれど、面接に一発合格ってところね。

「現在、世が国には三人の王子がいらっしゃいます。上から、ルーク様、カール様、ジュリアン様。ジュリアン様はまだお小さく、少々お元気過ぎるところがあり、世話係も手を焼くことがあります。第二王子のカール様はお勉強熱心ですが、ちょっと気難しいところもございます。そして第一王子、ご長男のルーク様は申し分のない時期国王として……」

滔々《とうとう》と説明を続けるエリソン夫人の声を聞きながら、私は新しい仕事への期待でワクワクしていた。

やっと働けるのだわ、と。

「またいらっしゃらないわ……」

同じ侍女仲間のシルヴィがため息をついた。

「朝食のお時間なのに、寝間着のままでどちらにいらしたのかしら」

彼女は部屋の中を見回した。

大きな窓のある、貝を基調とした水色の部屋。ここは第三王子ジュリアンの部屋だ。

そして彼女が探しているのはそのジュリアン様だった。

「ご自分で着替えられた、ってことはないわよね？」

振り向いてシルヴィが訊《き》くから、私は首を振った。

「ないわね。また時間ギリギリまで隠れて、私達が慌てるのを見て楽しんでらっしゃるのよ」

「遅れたら私達の責任になるって、わかってらっしゃるのよね」

「ええ。だから、私達の様子が見えるところにいると思うわ。例えば、カーテンの陰とか、クローゼットの中とか」

言いながら私は窓辺に近づいてカーテンを捲《めく》った。

「この間はベッドの下だったわ。王子ともあろう方が」

窓の掛け金は、夜にメイドが確かめることになっているが、それが外れていた。

なので私は外に聞こえるような声で言った。

「別のお部屋に向かわれたのかもしれないわ。見に行ってみましょうか」

そして一気に窓を開ける。

バルコニーには、思った通りジュリアン様が座ってらした。

「今回は安易な隠れ場所でしたね」

茶色い髪の男の子は、ぷうっと頬《ほお》を膨らませた。

「またお前か。つまんないぞ」

「つまろうが、つまらなかろうが、お着替えの時間です。一人で起きられたのはよいことですが、お着替えはお一人でできないのですから、さっさと出てきてください」

「一人でできるもん！」

「然様《さよう》ですか？　では一人でお着替えになります？」

「……着替えさせろ」

「ではどうぞ、殿下」

道を譲ってジュリアン様を室内に招き入れる。

待ち構えていたシルヴィがすぐに用意していた服を持ってきた。

ジュリアン様は両手を広げて立っているだけで、マネキンに着せるように彼女が服を着させる。

私はその傍らで彼女に服を渡す役目だ。

「他のやつはみんなもっと苦労するのに、メガネはいつもすぐ見つけるからつまんないぞ」

明るい茶色の髪の少年は、まだ不機嫌そうにしていた。

外見は可愛《かわい》いのだけれど、手間のかかる子なのよね。

「殿下の隠れ場所が悪いんですわ。いい加減この部屋に隠れる場所もございませんでしょう。もう隠れんぼはお止《や》めになったらいかがです？」

「面白いことがない」

「面白いことは、他人を巻き込まず、ご自分で見つけるべきですわ。明日ちゃんとお支度をなさったら、私が面白いことを提供してもよろしいですわよ？」

「何だ？」

濃い青の眼が、期待にキラキラと輝く。

こういうところは年相応で可愛いわ。

私の瞳は淡い青だが、王家の皆様は深く濃い青。まるでサファイアみたいでどれも美しい。

「明日のお楽しみです。でもまたお隠れになったら、面白いことは永遠に教えません」

「永遠に？」

「永遠です」

ジュリアン様はちょっと考えてから、「今教えろ。命令だ」と威張った声で言った。

「残念でした。そろそろお食事の時間です。食堂に参りませんと。ジュリアン様が隠れんぼなどなさっていなかったらお教えできましたのに」

本当に残念そうな顔で言うと、彼はむうっと口をへの字に曲げた。

「わかった。明日だぞ」

横暴で我儘《わがまま》ってほどじゃないのよね。

「いってらっしゃいませ」

シルヴィと二人、深く頭を下げてジュリアン様を送り出してから、私達も部屋を出る。

「ねえ、アンジェリカ、面白いことって何？」

「謎解きよ。暫く頭を使えばおとなしくなるわ」

「どんなの？」

「それは秘密。殿下に伝える前に他の人に話したって知ったら怒るでしょう？」

「そうねえ」

王城に就職してからの日々は順調だった。

引っ詰め髪に黒眼鏡という出《い》で立ちは、周囲のお嬢さん達の無用なライバル心を煽《あお》ることなく、平穏を与えてくれた。

男性に言い寄られる、なんてこともない。

セクハラなんて御免ですもの。

地味だけど有能、これが理想。

仕事もとても楽しかった。

前世のキャリアは活かせなかったけれど、侯爵家でただ本を読んでるだけの生活に比べれば充実している。

王子のお世話、というのが私の仕事だったが、それも悪くはない。

メイドと侍女の仕事にそんなに差はないけれど、侍女は直接王子達と言葉を交わすことが許されている。

なので邪《よこし》まな考えを抱かないように、侍女は一カ月ごとに担当の王子を替える。

色っぽい話だけでなく、『我が一族を優遇してくださいい』と囁《ささや》いたりしないように、という配慮もあってのことだ。

そのお陰で仕事に変化があって楽しい。

三男のジュリアン様は、ヤンチャな弟みたい。

お顔は天使だし、わかりやすいイタズラをしてくるのが可愛い。

小学生の弟って感じ。

ジュリアン様を小学生というのなら、次男のカール様は中学生かしら？

丁度思春期で、何にでも反抗したがる年頃。

将来、王になる兄を支えるのだと勉強中。

他の侍女には声もかけないけれど、私には時々声をかけてくれる。

というのも、彼が勉強しているところを覗《のぞ》き込んで、「そこ違いますよ」と指摘したことがあるからだ。

「侍女に何がわかる。適当なことを言うな」

とその時は怒られたのだが、後で家庭教師にも同じことを指摘されたようで、私に一目置いてくれるようになった。

以来「お前はこれがわかるか？」と、試すように声をかけてくれる。

ジュリアン様は茶色い髪色だけれど、上の二人は黒髪。

それは、ジュリアン様だけが妾妃のお子様だからだ。そのせいで歳も離れている。

でも兄弟に差別はなく、仲はいい。

というのも、長男のルーク様が特別だからだ。

黒髪の完璧な王子様。

凛々《りり》しい顔立ちに優雅な振る舞い、剣の腕もピカイチで、学問も優秀。物静かで、冷静で、優しい。皆が王としての資質が彼の天啓だろうと噂《うわさ》していた。

それが事実かどうかは知らないけれど、父親の現国王と共に仕事をこなしているくらいには優秀だ。

侍女達も、ルーク様に会いたくて城務めを希望した人もいる。

ホント、すこぶる『観賞用』物件。

王位継承者で美形で性格もいいとなれば、侍女どころか、国中の女性達が彼を狙っているだろう。

その戦いの中に入ってゆく気力はない。

前世でも、恋愛なんてしてなかった私には、ルーク様は眩《まぶ》しすぎる。

彼の担当になる時も、彼に近づき声をかけられるチャンスのある仕事は他の女の子に回していた。

私も女だから、遠くから横顔を鑑賞するくらいはするけれど。

目の保養になる三人の王子達の世話と王室の書庫。それも魅力的だったけれど、侯爵家では許されなかった一人歩きができるのも、この仕事の魅力の一つだった。

王城務めはホワイト企業で、一週間に一度お休みがもらえる。

その時、城の外に出ることも許される。

家族に会ったり、王都の屋敷に立ち寄ったりもするが、ずっと憧れていた異世界の街歩き。

お給金という自分のお金もあるし、買い物もできる。王の住む街なので治安も十分だし、ちゃんと調べて危険な場所を避ければどこへでも行ける。

本当に、お父様はいい仕事を紹介してくれたわ。

少し物足りない気がしないでもないけれど、この世界の侯爵令嬢としてはこれが精一杯の自由と労働だろう。


結婚なんかしないで、目指すは侍女長よ。

私がいなければ王城が回らない、と言われる存在になるのよ。

そのためにも、毎日真面目に働かなくては。

目立たず、実直に。


『ここに、狼《おおかみ》と羊と麦束を持った男がいます。

男が川にやってきて向こう岸に渡ろうとしたのですが、小さな小船が一つしかありません。

小船は男の他に荷物を一つしか載せられません。

さて、男が荷物を全て向こう岸に運ぶには、何度船を出せばいいでしょう。

ただし、男がいないと狼は羊を食べ、羊は麦を食べてしまいます』

前世でよく子供向けの本に載っていた簡単なクイズ。

翌日、私はこの問題を書いた紙をジュリアン様に渡した。

「ちゃんと順番も説明してくださいね」

ジュリアン様は読み終えると、つまらなそうに言った。

「こんなの三回に決まってる」

「ではその順番は？」

「まず狼を運んで……」

「では待ってる間に羊が麦を食べてしまいますね」

「う……。麦を持って行くと狼が羊を食べるのか。じゃ羊を持って行く。狼は麦を食べないからな」

「はい。ではその次は？」

「狼を持って……、いくと羊を食べるのか。じゃ、麦。……は羊が食べるか。んん……？」

あることに気づけばとても簡単なのだが、思った通りジュリアン様はそれに気づかず、頭を抱えた。

「答えを教えろ」

「だめです。ご自分の力で解いてくださいませ」

「本当はできないんだろう？　無理なんだ」

「いいえ、ちゃんとできます」

答えはすぐに出ず、数日間、ジュリアン様はそれにかかりっきりだった。

そして自分には解けないと判断したのか、それをカール様に見せたらしい。

カール様の出した答えはこうだった。

「狼と麦を船に乗せ、自分は水に入って押せばいい。そして二度目に羊と自分が船に乗って行けばそれで終わりだ」

私はにっこり笑った。

「違います」

そしてカール様もその謎解きに加わり、一つ答えを思いつく度に私を探すようになった。

最初は二人が考えている姿が可愛いと喜んでいたが、それが続くとこれはまずいと思い始めた。

王子が一人の侍女に執着して追い回すなんて、眼を付けられてしまうではないか。

「お話は、お部屋に伺った時にお聞きしますわ」

と言ったのだが、子供というのは我慢のきかないもの。

何か思いつくとすぐに確かめずにはいられないのか、私を探して声をかけてきた。

「新しい答えを考えたぞ」

だが相変わらず正解は出ず、二人揃《そろ》って私の後をついて回る。

私は仕事で接する以外は二人の眼に付かないように注意した。

が、見つからないとなると余計に探された。

もういいかげん正解を教えてしまおうと思ったが、それは断られてしまった。

「答えがあるなら、考える。絶対に答えは言うなよ」

仕事中であっても、二人に探され、追い回される。

追い回さないで。

私は目立ちたくないのよ。

悪目立ちしてここにクビになったら大変じゃない。

「あ、メガネがいた！　アンジェリカ！」

遠くでその声が聞こえ、ダッシュで逃げ出した。

もう、名前まで覚えちゃって。他の侍女やメイドなんか『お前』とか『そこの』としか呼ばないのに。

廊下で捕まって、二人に王子と立ち話なんて姿を見られたら、きっと色々言われてしまう。

捕まらないのは大前提だけど、せめて人目のないところに行かないと。

人の出入りが多い謁見の間や王子達の私室から離れ、奥の書庫へ向かった。

あそこは許可された者しか出入りができないが、私は許可を得ている。

「あっちに行ったぞ！」

という声を受けて私は近くの扉を開けて中に飛び込んだ。

「誰だ」

しまった人がいたか。

「すみません、少々……」

謝罪のために下げた頭を上げると、そこに立っていたのは、『鑑賞用』だった。

いや、違う。

ルーク王子だった。

漆黒の髪、兄弟の中で誰よりも深く輝く青い瞳。抜き出した本を開いて本棚の前に立つ姿は、ファッショ

ン雑誌のモデルのよう。

思わずうっとり見蕩《みと》れてしまいたいところだが、背後からはあの声が響いた。

「どこだ、アンジェリカ」

まずいわ、偶然とはいえ三人の王子と一室にいるなんて。

「すみません、殿下。私はここにいないということに」

私は奥へ走って行き、本棚の陰に隠れた。

同時にドアが開く。

「ここか？」

間一髪。

「何を騒いでいる」

二人もここにルーク様がいると思わなかったのだろう。

驚きの声を上げた。

「兄上」

「あ、すみません」

気づかれないように、私はこっそり三人の様子を窺《うかが》った。

ヤンチャな王子も、気難しい王子も、借りてきた猫のようにおとなしくなっていた。

「女性の名を叫んで回るのは、王子としてあまりよしとはしないな」

「……すみません」

「侍女を探していたんです。金髪で眼鏡の侍女を見ませんでしたか？」

ルーク様は教えてしまうかしら？

ドキドキしていると、彼は冷静に弟達に訊いた。

「その侍女が何か粗相《そそう》をしたのか？　ならばエリソン夫人に伝えればいいだろう」

止めて。私は悪いことはしてません。王子からエリソン夫人に私の名前が伝わったら、お小言じゃすまないかもしれないじゃないですか。

「違います、彼女は何も失敗はしていません」

答えたのはカール様だった。

「では何故《なぜ》名前を呼びながら捜し回る？」

「それは……、この謎解きの答え合わせをしたかったのです」

「謎解き？」

カール様は私が渡した問題を書いた紙をルーク様に差し出した。

ルーク様は手にしていた本を開いたまま近くのテーブルに置き、紙を受け取って読み始めた。

「『ここに、狼と羊と麦束を持った男がいます……』？」

その間に、カール様が事情を説明する。

「侍女の一人が、ジュリアンに与えた謎解きです。私も考えてみたのですが、どうしても答えにいきつかなくて。でも彼女はちゃんとした答えがあるというものですから、考えついた解答を確認しようと思って捜しているのです。……兄上はわかりますか？」

おう、ついにルーク様にまで飛び火？

これでルーク様にまで追い回されたらどうするの？

「これは……、持ち帰っていいのか？」

「え？」

「持って渡るだけでなく、持ち帰っていいのなら、簡単だろう」

流石です、ルーク様！

それに気づけば、本当に簡単な問題なんです。一回見ただけでそこに気づくなんて。

「どういうことですか？」

「最初に羊を連れて行けば、狼は麦を食べない」

「それはすぐわかりました」

「次に狼を運ぶ」

「そうすると、狼が羊を食べてしまいます」

「だから戻る船に羊を載せる。狼だけを向こう岸に残すのだ。次に羊をこちらに置いて麦を持って向こう岸に渡る。麦と狼の組み合わせは無事だからな。そして最後に羊をもう一度運べばいいんじゃないか？」

遠くからでも、弟王子達の顔がパァッと明るく輝くのがわかった。

「兄上、凄《すご》い！」

「それです。絶対それです」

私も陰で拍手を送りたいくらいだ。少しも考えることなく即答だなんて。

「すぐにアンジェリカに言ってやらなくては」

「それは止めなさい」

勢い込んだカール様に、ルーク様は注意した。

「城内を女性の名を呼びながら歩けば、相手の侍女にも迷惑がかかる。自分の望みを叶えることだけを考えて行動してはいけない。侍女ならばまた夜にでも世話をしに来るだろう。その時に話しなさい」

「でも折角《せっかく》正解がわかったのですから、すぐに……」

「そうやって短絡的に考えるから、『戻る船の積み荷』に気づかなかったのだろう。注意力と忍耐力は、身につけておくべきことだ。いい機会だから侍女とは偶然会うまで待つという我慢をしてみなさい」

「……はい」

さっきのキラキラした喜びはどこへやら。大好きな兄上に叱られてしまったと、二人はしょんぼりしてしまった。

それを察して、ルーク様は二人の頭を撫《な》でた。

「私なら、今度はその侍女が解けない謎を考えてみるがな」

スイッチが入ったみたいに二人の顔がまた明るくなる。

「そうですね。そういたします」

「だがいいか、カール。もし侍女が簡単にお前に出した問題を解いたとしても、決して怒ってはいけないよ。それは彼女が優秀な証《あかし》であって、お前が愚かなわけではない。むしろ、よい家臣を見つけたと喜ぶべきことなのだと思いなさい」

「はい。でも絶対あいつに解けない問題を考えます。行こう、ジュリアン。奥の数学書のある部屋に行ってみよう」

「はい」

新しい目的を見つけて、二人は意気揚々と部屋を出て行った。

ほっと胸をなでおろすと、ルーク様は私が隠れている方を振り返った。

「アンジェリカ?」

粗相があってはいけない。

私はすぐに本棚の陰から飛び出して、ルーク様に頭を下げた。

「はい。アンジェリカでございます」

「あの問題は私の答えで合っているのかな?」

あ、あ、あぁ……、イケメンに面と向かって微笑まれると、眼福だわ。

「お見事でございました」

「弟達が迷惑をかけたな」

声も素敵。

ちょっと低めで、穏やかで。

「とんでもございません。ただ人前で声を掛けられると、いらぬ誤解を受けそうでしたので、逃げておりました」

「ほう。『王子に慕われている』とアピールできてよいのではないか？」

すぐに出て行こうと入ってきた扉に向かったのだが、さりげなく進路を塞がれた。

もう少し説明が必要ってことかしら。

「実際親しいわけではございませんもの。殿下達はご自分の出した答えが正しいかどうかを知りたいだけですわ。でもそうは取らない方もいらっしゃるでしょう？」

「王子二人を手玉にとって、と」

「はい。でもその誤解は困ります。私はただ侍女として仕事をしたいだけですから」

「王子に気に入られれば、よい立場で仕事ができるのではないか？」

「いいえ」

私は即座に否定した。

「他人の力で仕事を得たいとは思いません。私が王子付きになるとしたら、その仕事ぶりが認められて、そこが私が働くのに適所であると判断された時だと思います」

「主に気に入られる、というのも仕事を認められた一つだと思うが？」

「本当に気に入られているのでしたら。でも今回は謎解きが面白かったというだけですもの。解き終わってしまえばおしまいですわ。……あの、もう仕事に戻ってもよろしいでしょうか？」

「私との会話は楽しくない？」

彼が一歩近づき、眼を合わせる。

にっこり微笑まないで。心臓に悪いわ。

「楽しくないだなんて。ただ畏れ多くて……。それに仕事もございますし」

前世も含めて、美形には免疫がないのだもの。

思わず逸《そ》らした視線の先に、開いたままの本が目に入った。

「……グルジール戦記」

やだ。読みたかった本だわ。

「今、何と言った？」

「あ、いいえ。何も」

「この本を読んだことがあるのか？」

彼が本を手に取ろうとテーブルの方に寄ったので、通り抜けられる隙間が空いた。

今だわ。

下の二人ならまだしもルーク様と二人きりだなんて、もっと人には見られたくない。というか、もう一度正面から見つめられたら、仕事モードが崩《くず》れてしまいそう。

彼は飽くまで『鑑賞用』でなければ。

「それでは、失礼いたしました」

会釈するように頭を下げながらバックで扉に近づき、さっと廊下に出た。

興味を持たれる前に、速やかに離脱しなくちゃ。

速足で廊下を戻りながら、今度ルーク様のスケジュールをチェックして、彼と鉢合わせしないように今の部屋へ行こうと考えていた。

テーブルの上にあった本、グルジール戦記が気になっていたから。

実家の書庫にもあったのだけれど、二巻だけだったのよね。

グルジールという英雄が世界各地を旅して戦う物語で、荒唐無稽《こうとうむけい》なお話だけど面白かった。二巻で終わりじゃない流れだったし、とにかく一巻が読みたかった。

あれは何巻だったのかしら。パッと目に入った文には『グルジールは地の蛇と取引をしようとして失敗していた』とあったわ。

私が読んだ部分に『地の蛇』なんてものは出てきていなかったので、二巻でないことは確かだわ。

二人の王子の謎解きも終わったし、今夜就寝のお世話の時に正解を褒めてあげれば、もう追い回されることもないでしょう。

その後にエリソン夫人に頼んで書庫に行かせてもらおう。

休日は明後日だからそれまで待ってもいいのだけれど、今回は新しく出来たお店で買い物がしたかったのよね。

就寝前の着替えの時、思った通りジュリアン様は意気揚々と正解を口にした。

私が驚いて褒めると、すぐに恥ずかしそうに「兄上が解いたのだ」と白状した。

「兄上は一日で答えにたどり着いた。凄いだろう」

「はい、驚きます」

「うむ」

兄を褒められ、満足そうに頷く。

子供らしい横柄さと子供らしい素直さが同居してて可愛いわ。

他にも何か謎はないのか、と訊かれたので、明日の朝までに考えておきますと答えておいた。今度は一日ぐらいで解けるものにしておかないと。

残念ながら、その後許可を得て向かった書庫でグルジール戦記を見つけることはできなかった。

あの時ルーク様が手にとっていたから、きっと彼が持っていってしまったのね。残念。

でも、あんな荒唐無稽な冒険譚《ぼうけんたん》を読むなんて、ルーク様も以外と可愛いところがあるのね。

ベッドへ入り、眠りに入る前、はからずも眼を合わせて微笑んでくれたルーク様のことを思い出してみた。

優しげで凛々しくて、物語の王子様。

次に会えるのは来月、お世話の担当になってからだろうけど、もうあんなに近くで彼を見ることはできないだろう。

なので、心のメモリーに今日のことを刻んでおくことにした。

アイドルのブロマイドみたいに。

手の届かない、遠い憧れの存在として。


「アンジェリカ、今日はお休みなのね」

いつも組んでるシルヴィが、朝食の席で私服の私に気づいて寄ってきた。

男女が同じテーブルにつくことはないが、侍女と侍従は、同じ食堂で食事を摂《と》る。席は決まっていないので、シルヴィは私の隣へ座った。

「街へ出るの？」

「ええ。リリアナから新しい洋品店ができたと聞いたから、そこへ行こうと思って」

その話は、彼女も知っていたようだ。

「ちょっといい感じらしいわね。近くにカフェもできたのですって」

「行ってみた？」

シルヴィは首を横に振った。

「私はお父様に、一人で街へ出てはいけないって言われてるの。出掛けたい時には家から召し使いが送られてくるわ。でもこの間の休みの日は召し使いの都合が付かなかったから」

シルヴィは子爵家の娘だけれど、実家には使用人が潤沢にいるわけではない。娘のお出掛けにそうそう使用人は出せないということだろう。

「誰か召し使いを連れてる人とお休みを合わせて一緒に出掛けたら？」

「そうね。でも次のお休みには召し使いを出してくれる約束だから、待つわ。アンジェリカは一人で出掛けるの？」

「ええ。その方が気が楽だもの」

「いいわね、自由にさせてもらって」

「そうね」

実は実家には私の休日がいつなのか教えていない。なのでいつも事後承諾だ。屋敷に立ち寄らなければ、私が街に出たことも知らずにいるだろう。

「カフェのメニュー、覚えてきて。次に行ったら寄りたいから」

「ええ。お仕事頑張ってね」

食事が終わると、自分で食器を片付けて彼女達は仕事へ向かう。後ろ姿を見送りながら、私も一旦部屋へ戻った。

みんなが仕事に出て、使用人棟からいなくなってから、私も建物を出て使用人用の裏門へ向かった。

門番に通行証を見せると、鉄柵の門を開けてくれる。

「暗くなるまでに帰りなよ」

気のいい門番はそう言って声をかけてくれた。

さて、城の表に回って、辻馬車《つじばしゃ》を拾って、買い物よ。

でもその前に眼鏡を替えておかないと。目立つ黒縁から、すっきりとした金属のフレームへ。眼が悪いわけではないから外してしまってもいいのだけれど、一応身バレしないように、変装用だ。

人の多い表門へ回り、辻馬車を拾ってまず向かうのは市場。

ここに美味《おい》しい焼き菓子の店が出てるのよね、
朝の早いうちにちょっとしか売らないので、一番に買いに行かないと。

今日はベリー系らしい赤い実を焼きこんだサクサクのクッキー。

最後の一つを手に入れたいい気分のまま、市場を流す。

この市場は午前の早い時間だけ露店が店を並べるものなので、もうそろそろ片付ける店も出てきていた。

最初から来てみたいなぁとは思うのだけれど、そんなに朝早くお城は出してもらえないし、前日から屋敷に泊まってだと、召し使いがくっついて来てしまうか、お父様に反対されるかだろう。

普通の店が開くにはまだちょっと早いので、公園を散歩。

整備された公園は、着飾った人々が行き交っていて、その人達のファッションを見るのも楽しみの一つ。

お店の開く時間になったら、目的の新しい洋品店へ。

レースやリボンやボタンの品揃《しなぞろ》えが豊富で、見ているだけでも楽しい。

雑貨も少し置いてあり、香り付きのセッケンを買った。

この世界、シャンプーとリンスがないのが残念なのよね。髪もセッケンで洗わなきゃならないので、ゴワゴワするのだ。

リンスはなかったけれど、髪に付けるハーブオイルがあった。

「洗った後にオイルをお湯に落として髪を流していただくと、潤いも香りも付くんですよ」

という店員の言葉に乗せられてこれも一瓶買ってみた。

そんなに時間をかけていないつもりだったのに、会計を済ませるともうお昼を過ぎていた。

行きたかったカフェに向かうと、思っていた雰囲気とは違っている。

カフェ、と言われたからもっと気軽なものかと思ったのだけれど、貴族のお嬢様達が入りたいと思うカフェを甘く見ていたわ。

入口にはドアマンが立っているし、高級そう。

お金が払えないというわけじゃないけれど、一人で入るのは気後れするわね。でもシルヴィにメニューを見てきてって頼まれてしまったし……。

どうせどこかでお昼は摂らなきゃいけないのだもの。喉も渇いてきたから、ここは勇気を出して入ってしまおう。

カフェの入口に近づき、ドアマンが扉を開けてくれた時、だれかが背後に立った気がした。

でもここは入口なのだから、だれかが続いて入ろうとしているのね、としか思わなかった。変な人だったら、ドアマンが注意してくれるはずだもの。

ドアマンに、どうぞと恭しく奥を示され、中に入ると、すぐに差配の人が近づいてきた。

「お二人様でございますか？」

あらやだ、後ろから来た人と一緒にされちゃったわ。

「いいえ……」

「ああ。そうだ。個室を頼む」

……え？

ちょっと待って、連れなんかいないわよ。新手のナンパ？　タカリ？

ここははっきり『困ります』と言わないと、と思って振り向いた私は固まってしまった。

「ほう、一目でわかったか」

にっこりと微笑む青い瞳。

髪は金髪になっているけれど、数日前に同じようなシチュエーションで微笑まれ、鑑賞用だからと心に刻み込んだ顔だもの。わからないはずがないわ。

なんでここに変装したルーク王子がいるのよっ！

「……おたわむれを」

青ざめながら言うと、彼は私の腰に手を添えた。いかにも『連れです』の証明をするかのように。

「戯れではない。一緒に昼食を摂ろうというだけだ」

「ここはカフェですから、軽食しかありませんわ」

「しっかりしたものが食べたいのなら、私の行き着けの店へ行こうか？」

それって王室ご用達《ようたし》ってこと？　そんなとこ行ったら、王子の正体はバレなくても私の正体はバレてしまうかもしれない。もう黒縁眼鏡じゃないんだもの。

侯爵家の令嬢と王子が二人揃って変装して連れ立っているなんて、とんだスキャンダルだわ。

「……いいえ、ここで」

「そうか。では案内を頼む」

私達の様子を窺っていた差配の者は頷いて、「ではこちらへ」と二階への階段を示した。

一階はオープンな、高級だけれど普通のカフェだったのだが、ルーク様の言葉を受け入れたということは個室？

でも何で？

どうしてこんなところで、私がルーク様と個室に入らなければならないのよ。

案内されている時も、ルーク様は店の者に部屋の注文を出していた。

「込み入った仕事の話があるので、隣は空けてくれ。その分の代金も払おう」

仕事の話、と言ってくれたのはありがたい。男女が個室で、とあらぬ疑いを受けなくて済む。まあ、カフェの二階でいかがわしいことなんてあり得ないんですけど。

いいえ、それ以上に、冷静に考えればルーク様が私に何かするようなことが考えられないわね。

仕事ってことは、弟王子達のことかしら？

あの謎解きのことで、注意を受けるのかしら？

通された部屋は、二階の一番奥の部屋で、二人用にしては広かった。

テーブルが大きいので、向かい合って座ると距離ができて少し落ち着く。

「好きなものを頼め」

「あの……、あなたは？」

王子を『あなた』と呼ぶのは気が引けるけれど、『殿下』とも『ルーク様』とも呼べないのだから仕方がない。

「私は甘いものはいらないから、食事を頼む。だが君は甘いものが食べたくてここを選んだのだろう？　遠慮はしなくていい」

「……わかりました。では遠慮なく」

ビクビクしていては、その方がおかしく思われるわ。

仕事の話をする二人、だもの。ここは遠慮なくいきましょう。

私は軽食と、ケーキに紅茶を頼んだ。彼も軽食に、ワインを。まっ昼間からワインなんて前世なら眉を顰《ひそ》めるところだが、ここでは男性としては嗜《たしな》みなので見逃す。

私が頼んだものはサンドイッチのようなものだが、彼が頼んだのはスモーブローのようなもの。話の邪魔をされたくないからと言ってあるのでケーキも先に運ばれてしまう。

テーブルの上、全てが整えられるまで、何かマズイことをいったら大変だと、私は微笑んではいたけれど口は開かなかった。

給仕が終わり、メイドが一礼して出ていくと、ようやく顔から張り付いた笑顔を外した。

「いつもの眼鏡よりそちらの方がいいじゃないか。どうしてあんな年寄りのようなものを掛けてるんだ？

今日からそれにしたのなら、そっちの方がいいぞ」

大きいと思っていたテーブル越しに身を乗り出した彼が手を伸ばし、私の眼鏡を取った。

「あ」

「度が入っていないな」

「返してください」

片手で顔を隠しながら、もう一方の手を差し出す。

「外した方が美人だ」

「ありがとうございます。でもいいから、返してください」

すぐに返してくれたので、すぐに掛け直す。

「何の御用なのでしょう。仕事ということでしたが？」

「私にエスコートされて個室に入ったのに、口説かれてると思わないのか？」

……誰よ、これ。

「王子妃にしてくださいと頼むチャンスだろう」

にやっと笑う顔は、私の知ってる鑑賞用の王子様じゃない。だって、『にやっ』よ、『にこっ』じゃないのよ。

「ご冗談を。侍女ごときが殿下のお情けを受けられるなどと思い上がったこと、考えたこともございませんわ。まして王子妃などという野望、抱くわけがないじゃありませんか」

「身分が違う、と？」

「よくおわかりで」

「そう言うか」

また悪そうな笑み。

それも魅力的ではあるけれど、自分に向けられているかと思うと背筋が凍る。

「この本のことだが……」

突然、彼は話題を変え、持っていた鞄《かばん》の中から一冊の本を取り出した。

「それは……！」

グルジール戦記！

「先日、興味がありそうだったんでな。見るか？」

「はい！」

「汚すなよ」

「もちろんです。本を汚したりなんかしません」

テーブル越しに受け取ると、私は身体の向きを変えた。

テーブルの上には既に料理や飲み物があるから、それこそ汚すのを恐れて膝の上で本を開いた。

本は、グルジール戦記の一巻だった。

「最初の一文、読んでくれるか？」

「え？　あ、はい」

読みたかった本を手にして、私はページを捲った。

「『アリーの国がまだ緑に覆われていた頃、英雄グルジールは南の領主の息子として生まれた。彼は、十歳にして誰よりも強い剣士であった』」

これでいいですか、というように彼を見る。

「続けろ」

「……はい。『十二歳になると、どの商人よりも計算が速く、どんな馬も乗りこなせることが知られた。そこで領主は、彼に特別な名誉、《英雄》の名を与えた』」

「お前はそのまま本を読んでいるのか？」

「え？　はい。そう言われましたので」

「本当に？　訳しているのではなく？」

「訳？」

その言葉に、ハッと気づいた。

ひょっとしてこの本……。

「その本は古代アリー語で書かれた本だ。私も辞書を引きながら読んでいる」

しまった……。

「だがお前はそれをテーブルの上に置かれたのをちらっと見ただけで内容を読み取った」

「じ……、実は、この本と同じものが私の実家にあったもので」

「ほう、外国の書物は高価で貴重なものだが、それが実家にあったと？」

「揃っていたわけではありませんわ。二巻だけです。きっと、古書店の者が価値に気づかず売って、偶然手に入ったのでしょう」

「偶然、か」

「はい」

「では古代アリー語の本を読み上げているお前の言葉が、私にはこの国の言葉に聞こえるというのはどういう偶然なのだろう？」

……くっ。

「君は語学の天啓があるのじゃないか？」

認めるべきか、とぼけるべきか。

「もしあったとしても……。侍女では何の役にも立ちませんわ」

「学者になりたいとは考えなかったのか？」

「学問は好きですが、探求者になりたいと思ったことはありません」

「侍女より遥《はる》かに高い地位を得られると思うが？」

「でも、机に齧《かじ》り付いてるだけでしょう？　学者をばかにしているわけではありませんわ。ただ、私がやりたいこととは違います」

「侍女になりたかった？」

「というか、働く女性になりたかったのです。自分がしたことで、成果を得られる。そういう仕事に就きたかったのです」

「女性の仕事ならば、料理人やお針子もあるが、それは父親が許さなかったか。まあ、確かに侯爵家の令嬢のする仕事ではないな」

「……は？」

また彼はにやりと笑った。

「私が何も調べずにここにいると思っているか？　古代アリー語を読める『かもしれない』侍女がいるとわかれば、おかしいと思うのは当然だろう？　そのような学問を修めるだけの環境にある女性の身許《みもと》は調べる。エリソン夫人は抵抗したが、命令には逆らわない」

エリソン夫人はごまかそうとしてくれたけれど、強引に口を割らせたのね。

「それで私の後をつけたのですか？」

「そうだ。二人きりで話せる機会を窺っていた。私の部屋に呼び出して詰問してもよかったのだが、それでは君も私も困るかもしれないからな」

そこまで知られているのなら、もう何を言っても無駄ね……。

「アンジェリカ・ルナ・アーリエンス侯爵令嬢」

ルーク様は、スッと表情を消し、真剣な顔付きになった。

「身分を隠し、容姿を隠し、才能を隠す理由は？」

彼の心の中が読めるわ。

身許を偽って王子の側にいたのは、王子狙いじゃないのか？　でなければ、語学の天啓を隠して王室の秘密文書を盗み読もうというのではないか？

どちらにしろ、邪まな企《たくら》みをもって、潜入したと思われているのだろう。

「殿下は全てご存じのようですから、私も正直に話しますわ。疑われたくありませんもの。おっしゃる通り、私はアンジェリカ・ルナ・アーリエンスでございます。先ほど申しました通り、私はずっと働きたいと思っておりました。自分の力で何かを成し遂げたい、と。本当は商人になりたかったのですが、父はそれを許してはくれませんでした」

「商人？」

彼は驚いた顔をした。

でしょうね。侯爵令嬢が商人なんて、この世界の常識ではあり得ないわ。

「はい。勉強はそのために頑張りました。何度も父にもお願いしました。商人がダメでも、自分の力で働きたいと。当然却下されましたが、唯一許されたのが王室の侍女でした」

「……確かに王室の侍女は貴族の令嬢であることが条件だ。だが……」

「ええ。それは爵位が低く、金銭的に不自由な者、姉妹が多く、親が結婚相手を見つけることができない者、がほとんどです」

「だがアーリエンス侯爵家は裕福で立場もある。たとえ姉妹が十人いても、嫁入り先は容易に見つけられるだろう」

「十人もおりません、四人です。父も私に、社交界デビューしてよい相手を探せといいましたが、私は結婚よりも働くことを選んだのです」

「……変わってるな」

ルーク様は呆《あき》れたというように言った。

「そうです。私は変わってるんです。だから、ルーク様がご心配なさるような誤解を受けたくなくて、エリソン夫人と話し合って、母の実家の伯爵家を名乗り、眼鏡をかけることにしたのです。私は殿下を含めたどの王子達とも結婚を望んでおりません。どうか侍女としてこのまま働くことをお許しください」

「駄目だな」

そんな！

せっかく見つけた働き場所なのに。

「私は本当に……！」

「君は、まだ私の質問に答えていない」

「質問？」

「語学の天啓があるのかどうか、だ」

まだそんなこと言ってるの？

いまさら隠す必要もないから、そんなのすぐに答えてあげるわ。

「……あります。でもそれは侍女として働くには役に立たないことだから言わなかっただけで、隠していたわけではありません」

「侍女として働くには、確かに無用の長物だな」

「でございましょう？　下心があったわけでは……」

「だが、他に利用価値がないというわけではない」

「利用……、価値ですか？」

彼はにっこり笑ってフォークを取った。

「取り敢えず、食事を終えよう。話はそれからだ」

「話って……」

そして不安たっぷりの私の視線を受けながら、悠々と食事を始めた。

この人……。ひょっとして腹黒？

もしくは隠し事をされて相当怒ってる？

怒ってるだけなら、何度でも謝るわ。だからどうか私から仕事を取り上げないで。

王室の侍女が駄目になったら、社交界デビューから結婚にまっしぐら。ここまで学んだことが全て無駄になってしまう。夫となった男性のためだけに生きる人生になってしまうわ。

「どうした？　食べないのか？」

　食べられるわけないじゃない。

　こうなったら、おとなしくしてられないわ。

　欲しいものは自分で手に入れなくちゃ。

「……殿下。殿下は私と結婚したいわけではありませんよね？」

「うん？」

「もし私がここで、声を上げたらとても困るのではありませんか？　殿下が変装してまで侯爵令嬢の私と二人きりで会っていた、しかも私を襲ったなんて思われたら」

「私を脅すつもりか？」

「脅しているのではありませんわ。取引です。私は殿下の困ることをしない。ですから殿下も私が困ることはしない」

「君の困ること？」

「私が侍女として働くことに、目を瞑《つぶ》っていただく、というだけです。私から仕事を奪わないでください、というだけです」

　彼は、食事をする手を止めず、クックッと喉を鳴らして笑った。

　これはとてもお行儀の悪いことだわ。とても模範生みたいな第一王子に相応《ふさわ》しくない態度よ。

私は、ルーク様を見誤っていたのかもしれない。

「私を脅してそれが手に入る、と？」

「脅しはしませんと申しました。取引です」

「今ここで私が『わかった』ということは容易《たやす》い。だが、城に戻ったら、君の取引材料はなくなる。どう騒がれようと『そんなことは知らない』と言ってしまえば私と君が一緒にいたという証拠がないのだから。この取引の材料は時間と共に消えるものだ。そんなものと取引をしよう、と？」

……意外と鋭いわ。

いえ、彼ならこれくらい察することができたのかも。

「わかりましたわ。では私がルーク様のメリットになればよろしいのですね？」

「もういい。そのことについては後で話す。今は食事をしなさい。それとも、命令だ、と言わなければいけないか？」

「……わかりました」

後で話す、というからには、まだ私に交渉の余地はあるはずよ。

それなら今は機嫌を損ねない方がいいでしょう。

彼はまだにやにやしてこちらを眺めていたが、話しかけてはこなかったので、黙々と食べ続ける。

お陰で、折角新しいカフェに来たというのに、サンドイッチもケーキも、ゆっくり味わうことなどできなかった。

流し込むように食事を終えて「ごちそうさま」と言うと、彼はすぐに立ち上がった。

「移動だ。黙って付いて来い」

この、王子様め。命令すれば誰でも言うことを聞くと思って。

……実際、そうだから仕方がないし、私も逆らうことはできないのだけれど。


「こっちだ」

カフェを出ると、彼は私に付いて来るように言って街外れへ向かった。

私一人では行ったことのない場所。

でも、決して治安が悪い場所ではない。どちらかというと、小さな個人の住宅が並ぶ、中流住宅地？　その中にある小さなパン屋が目的地だった。

二階建の店は、住宅街にポツンとあるという感じで、隠れた名店っぽい。

扉を開けるとパン屋にしては体格のよい店主がルーク様と目で会話をし、店の奥にある二階への階段を示して頷いた。

さっき言っていた『行き着けの店』ってここだったのかしら？

店主とは通じているようだけれど、彼の正体を知っているのかしら？

疑問はあっても、部屋に入るまでは無言を貫く。

二階へ上がってすぐの扉を開け、促されて入った部屋は、丸い木のテーブルが一つあるだけの質素な部屋だった。

隠れ家っぽいのは、店の佇《たたず》まいじゃなく、彼にとってなのかも。

「座れ」

椅子を示され、固い木の椅子に腰を下ろす。

「ここは、殿下の隠れ家ですか？」

「まあそのようなものだ。店主は元近衛の兵士でな、怪我で引退してここを開いた」

「では殿下の正体もご存じなのですね」

「ああ。直接こちらへ連れてきてもよかったが、ここでは女性をもてなす茶も菓子も出ないのでな」

気を遣って、食事をさせていたということ？

ルーク様は、椅子を引いてテーブルから少し離し、足を組んで座った。

テーブルがカフェより小さかったので、距離が近くなったと構えていたが、彼が距離を開けたので、少し気が楽になる。

とはいえ、相手のフィールドで二人きりなのだから、緊張は解《ほぐ》れないけれど。

「さて、お前との取引の話をしようか。アンジェリカは侍女を続けたいのか、働きたいのか？」

落ち着いた声。

責めているのでもからかっているのでもない話し方。

「侍女を続けたいと思っています」

なのでこちらも落ち着いて答える。

「侍女以外の仕事は望まない？」

「望みはありますが、父が許してくれないでしょう」

「許せば働きたいのだな？」

「自分にできることでしたら」

何のための質問なのかしら？

でもさっきのように意地悪なもの言いではない。

「で、まだ私と取引がしたい？」

「その余地があるのでしたら」

「だが取引材料がない」

「いいえ、ありますわ」

「ほう、何を材料にする？」

本当はこれを持ち出したくはないのだけれど、背に腹は替えられない。

「私の天啓です」

「天啓」

彼の眼がキラッと輝いた。

うん、これは反応良さそうね。

「はい。ご指摘の通り、私はどんな言語でも読むことができます。私の話す言葉はそれぞれの母国語に聞こえますし、相手がどのような言葉で話しても、私にはこの国の言葉に聞こえます」

実際は日本語に聞こえるのだけれど、それはまあ言わなくてもいいだろう。

異世界から転生した、なんて言って変な興味を持たれても困ってしまう。転生したからってできることは僅かだし、特筆すべき才能は天啓だけ。だから天啓のことだけを話せばそれでいい。

「ですから、私を侍女として働かせてくださる間、私は殿下お抱えの通訳としてお役に立てると思います。私の天啓は家族しか知りませんので、殿下が内密でお知りになりたいことを翻訳してさしあげます。便利な辞書とでも思ってお使いいただければ」

だが、彼はがっかりしたような顔で、背もたれに身体を預けた。

「それでは五十点だ。取引には応じられない」

「で、では、殿下の虫除《むしよ》けに……」

「黒縁眼鏡の地味な女が、どんな虫を払ってくれる？　それとも、もう変装は止めるか？」

そうなったら却《かえ》って虫除けにはならないわ。私の家が、釣り合い過ぎて、本気に取られてしまうかもしれない。

「第一、それぐらいのことは女性の手を借りずとも自分でできる」

「ならば、何がお望みですか？」

私が訊くと、彼はにやりと笑った。

……時々悪い顔が覗くのよね。

「働くために、戦う勇気はあるか？」

「……戦う？」

「そうだ。私を脅そうとした時のように、男を相手に自分の利点を堂々と口にする覚悟はあるか？」

脅したわけじゃないと言ったのに。

「もしそれができるのなら、お前に侍女よりももっとよい仕事をやろう」

「どのような仕事をいただいても、侍女以外は父が反対しますわ」

「父親が反対したら諦めるか？」

挑むような顔付き。

ケンカを売られてるわけじゃないわよね？

こういう顔は、昔見たことがあるわ。昔、というか前世で。

上司から『お前にこの契約が取ってこられるのか？』という顔だ。でもその中に、『お前ならできると思ってるんだが？』という期待も含まれている顔。

そんな顔をされたら、答えは決まっている。

「それがよい仕事なら、やりますわ」

私の答えに、彼の顔付きが真剣なものになってくる。

「君にとってよい仕事、とは何だ」

これは『仕事』の顔だ。

彼は、私に『仕事』を与えようとしている。

ならば私も『仕事』の話をしよう。

「私は父と諍《いさか》いたいわけではありません。侯爵家の家名に泥を塗るようなこともしたくありません。侯爵家の名を使うことなく、自分の力だけで評価を受け、家族に迷惑をかけない仕事として侍女の仕事を務めております。けれど、もしも殿下が与えてくださるお仕事がこの仕事以上にやり甲斐があるものであれば、家を捨ててでも働きますわ」

希望と条件と覚悟をはっきりと口にする。

さあ、私はここまで言ったわ。何を話そうとしているのか教えて。

ルーク様は、組んでいた脚を戻し、背筋を伸ばした。

「アリーという国を知っているか？」

「はい。南の海際の国です」

「では、カルミニウムというものが何だかわかるか？」

「常緑性のシダ植物、タニシダの実から取れる薬効成分ですわ。アリーではタニシダは観葉植物ですが、それから抽出されるカルミニウムは、我が国では麻酔薬として使われています」

間髪を容れず質問に答える私に、彼は感心したように頷いた。

「我が国でも、タニシダは栽培している」

「はい、南のオルの街に大きな栽培場があるとか。アリー以外の土地でタニシダを栽培しているのは我が国だけだと聞いていています」

「その栽培場で病が出た。今、何とか対処しようとしてはいるが、報告では全滅に近いそうだ」

「そんな……、それでは我が国の医療が止まってしまいます！」

麻酔薬は、この世界ではまだ種類が少ない。

タニシダから作られるカルミニウムは、その少ない種類の中でも依存性も副作用もないので、医療全般で使用されている。

軽微な頭痛薬から、癌《がん》などの鎮痛剤まで。

いいえ、一番は外科的な手術の時の麻酔薬だ。もしカルミニウムが手に入らなければ、手術を止めるか、副作用のある薬品を使用しなければならない。

「君が事の重大さを理解してくれていて助かる。説明が省《はぶ》ける」

「どうなさるのですか？」

「それはもちろん、アリーから新たにタニシダを取り寄せるしかないだろうな。だが全てを話せば足元を見られる。慎重に動かなければ、値を吊《つ》り上げられたり無理難題を突き付けられるかもしれない」

「でも急がなければ……」

「既に薬品化させたもののストックがあるから、今すぐどうこうということはないだろう。だが急ぐにこしたことはない。しかし問題はもう一つある」

「我が国とアリーに国交がない、ということですね？」

「商人クラスでならば繋《つな》がりはあるが、国としてはさほど親しくはしていない。そしてアリーは我が国と言語形態が違う」

話が……、見えてきたわ。

「こちらの腹を探られず、円滑に商談を進めるためには、言葉がわからないというのは障害だ。一応私も勉強して日常会話に不自由はないが、商談となれば専門的な単語も必要になる」

「我が国にアリー語に堪能な通訳は何人いらっしゃるのですか？」

「今言ったように商人は取引をしている者もいるので、彼等の中には優秀な者はいるだろう」

「でも商人は自分達の利益を優先させるかもしれませんわ」

アリーで値切って、我が国には高値で売る。という可能性もある。それだけならまだいい。我が国にカルミニウムが足りないことを他国に漏洩《ろうえい》したり、タニシダを買い占めて値を吊り上げたりするかもしれない。

「だから、これは私がやらなければならない。王ではなく、商人ではなく、王子の私が」

大量に買い付けるのならば、相手に対する信用が必要。他者に出し抜かれないためには、自分達も口が堅く信用のあるもので固めなければならない。

王子が交渉役を担うのは正しい判断だろう。

「その顔は、私の言いたいことがわかっているようだな？」

「……想像でしかありませんが」

「その想像の答え合わせをしたいか？」

「はい」

強く答えると、彼は満足げに頷いた。

「アンジェリカ。君の天啓を使って、私と共にアリーとの交渉に同行して欲しい。私の補佐官として」

「通訳ではなく？」

「もちろん通訳もさせるが、それだけでは君に権限がない。私を脅した度胸を考えると、交渉事にはもっと有能さを発揮してくれそうだ」

だから、脅したわけじゃないのに。

……余程気になったのね。

「ただ国と国との交渉事に、実績のない女性を補佐官として連れてゆくということに、反対はあるだろう。なのでまず、君は大臣達を前に自分の有用性を訴えなくてはならない」

「それが『戦い』ですか？」

「そうだ。そして君の父親であるアーリエンス侯爵にも、それを納得させなければならない。彼は重職にあり、侯爵の意志を無視して話を進めることはできないからな」

通訳と外交交渉。

行ったことのない外国への出張。

この国で、おそらく初めての女性の重職。

胸が、ワクワクしてくる。

長らく諦めて抑えていた何かが、身体の中で目を覚ました感じだわ。

「戦いますわ。何でもします。一緒にやらせてください！」

たとえどんなに困難が付きまとうとしても、これが私の生きる道だと訴えている。

やってみないで諦めるなんてしない。ダメだったらダメだった時よ。バックアップは王子様。悪い賭けじゃないわ。

「いい顔をしているな。君を推す私にとっても、これは簡単なことではない。頑張ってもらわねば」

「はい」

私達、運命共同体ね。

おこがましくて、口には出せないけれど。

「ところで、仕事をさせるにあたって一つだけ条件がある」

「条件？」

「その眼鏡のことだ」

「外した方がいいですか？」

「いや、その逆だ。君は美し過ぎる。色香に負けて無茶《むちゃ》を言っていると邪推されたくない。とはいえ、城で掛けている黒縁の眼鏡もいただけない。せめて今の眼鏡ぐらいにしておいてくれ」

「わかりました」

「美しさを愛《め》でるのは、また別の機会だ」

不覚にも、フォローだとわかっているのに、王子らしい爽やかな笑顔で言われた言葉に少しドキリとしてしまった。

でも仕事を望むなら、色恋は禁物。

ルーク様は鑑賞用、そのことを忘れないようにしないと。


ルーク様が何をしたいのか、パン屋の二階で細かいレクチャーを受けた後、彼から言われたのは、明後日の会議に出席しろ、ということだった。

陛下も出席するその会議で、アリーへ向かうメンバーを決定する。

ルーク様以外は役人が多く、医師と商人が一人ずつオブザーバーとして同行することが決まっているが、その他はまだ未定。

今同行が決定している通訳は学者で、老齢な上商業用語には明るくないらしい。

この交渉を特別なものと思われないように小人数で行こうという者と、王子が行くのだから大人数で威厳を出すべきだという者。

目的を明かそうという者と、隠そうという者。

アリーへ行く、ということは決まっていてもまだ決まっていないことは多い。なのに、出発まで時間がないそうだ。

アリーは隣国ではない。

アリーと我が国の間には二つの国がある。

王子が通過するとなれば、その二国にも通達を出すべきだろう。

となれば、公式にするか、お忍びということにするか、そこも話し合わなければならない。

彼は私に、会議でそれらについての意見を訊くから、考えておくようにと言った。

「君は面白い考え方をするようだから、意見が楽しみだ」

期待されているなら応えましょう。

そこでの発言で、私は他の者達に判断されるだろう。

連れて行く価値がある者かどうか、単なる通訳か交渉に立ち会わせるべき者かどうか。

あらかたの話を終えてから、私達は街まで戻り、そこで別れた。

一緒に城に戻るのは避けた方がいいだろうから。

私は街の散策を早々に終えて城に戻ると、すぐに書庫へ向かい、アリーについて調べた。

元々の知識はあったけれど、きちんと調べた方がいいだろうと思って。

アリーは現世で言うとアラブ諸国に近いかしら？

砂漠とオアシスの国。

この世界では当たり前だが王政で、我が国と違うのはその王様が神官も兼ねている。つまり政治と宗教が一体化しているということで、それだけに権力は王に集中している。

アリーはオアシスごとに部族が治め、それらをまとめるには絶対的な権力が必要、ということだろう。

砂漠が多いというのに、国としては裕福。

理由はアリーでしか獲《と》れないものが多いからだ。

動物も、植物も、鉱物も、アリーにしかないものが多い。

耕作地を削る砂漠が、他国の侵入を阻んでいるから他国の脅威からも守られている。

過去には侵略の危機もあったが、砂漠に慣れていない他国人は行軍中に大抵飢えで自滅した。

私が興味を持ったグルジール戦記はアリーの昔話だが、その英雄グルジールが国を創ったとされていて、神聖視されている。

知らなかったけれど、アリーでは神として尊敬されているらしい。

だからルーク様も出発前に読んでいたのだろう。

私も、やっと一巻から読むことができた。

荒唐無稽な冒険譚だけれど、神話ならまあこんなものだろう。出てくる化け物を自然災害として読むと、現実的になるし。

ルーク様はエリソン夫人に自分が仕事を頼んだと言ってくれたので、会議までの時間、私は知るべきことを調べるのに集中できた。

準備万端ととのえた会議の当日。

私はルーク様に、朝一番に呼ばれた。

いつもの侍女の姿で、眼鏡だけを替えて部屋を訪れると、彼は渋い顔をした。

「不合格だ」

「眼鏡は替えましたわ」

「私は会議に侍女を連れて行くつもりはない。君はアーリエンス侯爵令嬢として出席するんだ。華美にする必要はないが、この者になら仕事を任せられる、という格好をして来い」

ダメ出しを受けて、私は一旦部屋へ戻った。

就職の時、みんな同じリクルートスーツを着るのはバカらしいと思ったけれど、頭の固い年寄りには形から入っていかないと受け入れられない。だから一人前の社会人っぽい格好をしなければならないのだと理解したことがあった。

それと同じね。

とにかく最初の格好で抵抗感を与えてはいけないのだわ。

第一印象で『こんなものか』と思われたら、次にどんないいことを言っても耳に入れてくれないもの。

華美ではなく、女性的な魅力は打ち消して、頭はよさそうに見せながらでしゃばらない。侯爵令嬢であることは告げられるのだろうから、アーリエンス家の娘としてもおかしくない格好を。

侍女としてお仕着せで過ごすことが多く、ドレスはほとんど持ってきていなかったが、その中でも落ち着いた感じの、濃い青のドレスを選んだ。

眼鏡はそのままで、髪もきっちり固めたけれど髪飾りは付け、化粧は顔色を整えるだけにした。

その姿で再びルーク様の部屋へ向かうと、今度は及第点が出た。

「まあいいだろう。私には君の能力をしっかりと吟味する時間がなかった。期待はしているがな。なので、今日の会議での発言で、役割を決める。では、ついてきなさい」

一緒に並んで歩くことはしなかった。

視線を落とし、彼の後ろを付いて歩いた。

奥から出て、いつもは行くことのない通路を進む。

社交界にデビューしていないので、王城に来たことはなかった。でも、今から向かう場所は、たとえデビューしていたとしても、脚を踏み入れることのできない場所だろう。

通路に立つ衛士が、ルーク様が近づくと敬礼をする。

私に視線をむけたが、何も言わなかった。

大きな扉の前に立つと、侍従が扉を開ける。

紫がかった白い壁、高い天井。

シンプルで明るいけれど、よく見ると薄く唐草の文様が部屋のあちこちに施されていて、格調高く重厚な印象がある。

想像していたよりも大きくない五角形の部屋に合わせた円形の大テーブルには、十人ほどの男性が座っている。人数が少ないのは、話し合わせる内容が、秘密だという証拠。

何《いず》れもお年を召した方ばかりで、一番若いのはルーク様。

国王陛下は、上座に、一人だけ大きな椅子に座っていた。

その隣の空席が、ルーク様の席ね。

そしてその円卓の中には、お父様もいた。

私と気づいたようだが、眼鏡をかけているから、まだ侍女の仕事中とでも思ったのだろう。何も言わず、小さな咳払いをしただけだった。

「遅かったな」

陛下の言葉に、ルーク様は軽く一礼した。

「女性の支度に手間取りまして」

間違いではないけれど、チェックするなら先に言っておいてくれればよかったのに。

「彼女の椅子を私の隣に」

控えていた侍従が、すぐに私の椅子を持ってきて、ルーク様の隣に据えた。

私は彼に付いて円卓を回り、陛下に一礼してから殿下が腰を下ろしたのを確認して、自分も座った。

「そちらのお嬢さんが、今日の会議に必要なのか？」

陛下が、訝《いぶか》しむような視線を向ける。

「はい。是非とも、です」

「ほう、是非とも、か」

ルーク様の言葉に視線が少し和らぐ。

陛下は、ルーク様を信用しているのだわ。彼が言うならそうなのだろう、とすぐに納得したもの。

「偶然知ったのですが、彼女は語学の天啓があり、アリーの言葉を自在に操り、また判読できるのです」

ほうという小さな感嘆の声が一同から上がる。

「また、大変聡明《そうめい》で、度胸もあります。なので、今回のアリー行きの際、私の補佐官として同行させたいと思って連れて参りました」

「補佐官？　通訳ではなく？」

近くにいた老人が眉を顰めて聞き返した。

この方は知っているわ。財務大臣のラーウ侯爵。お父様を訪ねていらしたことがあったし、お髭《ひげ》が特徴的だったのでよく覚えている。

「補佐官です」

ラーウ侯爵の言葉に、ルーク様が繰り返す。

「若くて、……美しいお嬢さんではあるようだが、女性には無理ではありませんかな？」

美しい、を言い澱《よど》んだわね。

「彼女の性別も外見も関係ありません。私は能力で判断します」

「ではその女性に能力がある、と？」

「ええ。だがすぐには信じることができないでしょう。父上、アリー語の書類を」

ルーク様が言うと、一瞬間を置いてから、陛下は手元の紙をルーク様に渡した。

ルーク様が、一度それに目を通してから私に渡す。

「読みなさい。そのままに」

これもアリー語で書かれているのよね。私には普通の日本語にしか見えないけど。

「では、読ませていただきます。『おっしゃる通り、両国の親交を深めることは大変喜ばしいことだと思います。つきましては、旅程の全ての支度をこちらでご用意させていただきましょう。また到着後は離宮を王子の宿泊用にご用意させていただきます。尚《なお》、滞在中の警護に関しましては、私共でご用意したく……』」

「もういい」

「はい」

「ルクセン殿、訳文の間違いはあったか？」

陛下の向こう隣に座っていた、一人だけ地味な服装の老人が首を振った。

「いいえ、完璧でございます。今目にしたばかりでしょうに、ここまで完璧であるとは」

「彼女の天啓では、どのような言葉も母国語に変換されるのだそうです。訳しているのではなく、そのまま読み上げているだけだそうですよ」

「ほう。昔同じような天啓を持つ学者がいたという話はありますが百年も前の話と聞いております。失礼ですが、お嬢さん、会話はどのように？」

私が答えていいものかどうか、ルーク様を見る。

彼が黙って頷いたので、私は素直に答えた。

「先ほど殿下がおっしゃったように、全て母国語に聞こえます。また、私が話す言葉は、相手の母国語に聞こえるのだそうです」

「私のこの言葉を繰り返してみていただけますか？」

「はい」

「『北の風はとても乾いている』」

「北の風はとても乾いている」

「『海の中にいるのは魚だけではない』」

「海の中にいるのは魚だけではない」

聞こえるままに繰り返すと、ルクセン殿は、ううと唸《うな》った。

「皆様お聞きのように、私は最初グラス語で、二番目の文はハーナウ語で話しました。どちらも僻地《へきち》の少数民族の言語で、学んでいる者は少ないはずです。ですが、彼女は見事に訳しました」

「彼女が、交渉に同席することが有益である、と思いますか？」

「もちろんでございます。きっと齟齬《そご》なく交渉を進めることができるでしょう」

「言語学者殿のお墨付きがいただけたようですが、皆さん、いかがですか？」

問いかけるルーク様の言葉に、ラーウ侯爵が手を挙げた。

「通訳としては、確かに有益なようですな。だが補佐官という役職は如何《いかが》なものでしょう？」

「それについては、私もゴリ推しするつもりはない。ここで、彼女の能力を皆と共に確認してから、もう一度問いかけたいと思う」

ルーク様は私を見た。

「さあ、君の『働き』ぶりを見せてくれ。それによって通訳か補佐官かを決めよう」

いよいよだわ。

私は背筋を伸ばし、列席者を見回した。

皆、興味津々な視線を向けている。心配そうな視線は、お父様だけ。

「僭越《せんえつ》ではございますが、アリーとの交渉について、ひとつ考えがございます」

私は、ルーク様を見た。

「アリーからタニシダを買い上げる理由は、どのようにするおつもりですか？」

「こちらで有していたものが足りなくなったので、買い足したいと言うつもりだ」

「それでは、足元を見られるかもしれません。クラックがほしがっているだけで、アリーとしては売らなくてもいいのだから、と」

「だとしたら何とする？」

「アリーにも、儲《もう》けさせる話、として持ちかけてはどうかと思います」

「というと？」

詳しく調べてみると、タニシダを保有しているのに、アリーではカルミニウムの加工が殆《ほとん》ど行われていなかった。

どうやらカルミニウムを加工した薬剤を製造するのにはかなりの技術が必要らしい。

しかも製造方法は部外秘、我が国だけの独占状態だった。

そこで考えたのは、アリーに製造の提携を持ちかけることだった。

今は、タニシダは我が国でも栽培されているので、材料として輸入することはない。けれどその栽培がダメになってしまったので、材料を輸入しなければならない。

そこで、タニシダを輸入させてもらう代わりに、その半分の量の薬剤をアリーで販売することを持ちかけるのだ。

販売ルートはアリーの王家に独占させる。

裕福なアリーの王家にとって、薬の販売で得る利益は微々たるものだろう。

だが販売するものは薬。

王家から渡される医薬品で命が助かったとなれば、苦しんでいた病人達は王家に感謝と尊敬を寄せるだろう。人心掌握のアイテムとしてこんなに有効なものはない。

我が国としては、農園が復旧するまでの間タニシダを安定供給できる。製造した薬品の販路が得られるなら、製造の設備投資ができる。

我が国にタニシダがなくなったから、ではなく、医薬品の販路拡大とアリーの病人を救うための友好的行動だと説明ができる。

ただ病人のためだけ、と言うとウソ臭いが、そこにこちらにも利があるのだという理由をつけることで、痛くもない腹を探られることはないだろう。

そしてもう一つ、同行する私が政治家ではないので、個人的にタニシダの苗を購入したいと言い出しても不審がられないだろう。

大量には買えないが、万が一交渉が決裂しても、苗を持ち帰ることができるだろう。たとえ数株であっても、新しい苗があれば繁殖は可能になるはずだ。

これが、私の考えだった。

途中、幾つかの質問を受けつつ、説明を終える。

自分の考えは正しいと思っているが、私の知らない不安要素があったり、男尊女卑が息づいてるこの世界では女の意見など受け入れられるか、と言われるかもしれない。

ルーク様の期待がもっと大きかったという可能性もある。

だから、私は裁定を待った。

彼に、『どうでしょう？』という視線を向けて、言葉を催促した。

それに気づいて、彼が口を開く。

「いかがですか、父上。彼女の考えは理路整然として、良策に思いますが？」

褒め言葉、よね？

ということは、ルーク様には受け入れてもらえたみたいね。

「うむ、確かに悪くはない考えだ。しかし、今のは本当に彼女が考えたものか？　お前や、他の誰かが入れ知恵したものではなく？」

陛下は疑う視線を、私ではなくルーク様に向けた。

「私の考えではありません。彼女が誰かに教えを請うたかどうかはわかりませんが。ただ、彼女がこの件を他者に話すとは思えません」

「信用している、というわけか」

「それもありますが、その時間がなかっただろうということです。私が彼女にこの話をしてから、まだ数日しか経《た》っておりません。その間、彼女は王城におりましたし」

「城に留め置いたのか？」

「まあ……、そのようなものです。内密の話をしたわけですから。それよりも、いかがですか、皆さん。彼女を私の通訳兼補佐官として同行させることに、異論のある方はいらっしゃいますか？」

彼は陛下との会話を打ち切り、一同を見回した。

お父様は複雑な顔をしていたが、他の方々も困惑した表情で、隣に座る人と言葉を交わしていた。

「通訳としては優秀なのでは？」

「しかし女性に役職を与えるつもりか？」

「今の案は悪くはないが……」

囁き交わす言葉は、私の耳にも届いていた。

ガラスの天井、という言葉がある。

前世の現代で使われていた言葉で、何もないように見えるから上に行けると思うのだがそこにガラスがあって進むことはできないという意味だ。

女性がキャリアアップしたくても、そこに見えない壁があるということを示す。

ここでも、やはり『女性』ということが道を塞ぐのだろうか？

「彼女を、官吏として登用するおつもりなのでしょうか？」

先ほどとは違う方が、挙手してルーク様に問いかけた。

「今回の件に関しては、彼女が優秀であると認めたので私は取り立てたいと思っている。が、他のことに関してはわからないので、どうするかは未定だ。先ほどから聞こえる中に、彼女が女性であるということを取り沙汰する言葉が聞こえるが、私はこれからは女性でも優秀であれば仕事を与えるべきだと思っている、とは言っておこう」

「女性であっても？」

「男でも、働かない者はいる。女でも働ける者はいるだろう。私は性別より個人の能力を優先させたい。とはいえ、それは今の話とは別のことだ。いずれまた、議論の席は設けよう。今回は私が彼女を連れて行くことに賛成か反対か、ということだけだ」

そう言ってから、彼は初めて気づいたという顔をした。

「ああ、その前に、彼女に仕事を与えることに対して、親御さんの許可を得ねばならないな」

ルーク様は、あの、ちょっと悪い顔で微笑み、お父様を見た。

「アーリエンス侯爵、よろしいかな？」

名指しされ、皆が一斉にお父様を見る。

お父様は苦虫を噛《か》み潰《つぶ》したような顔をしてから、小さく咳払いをした。

「……殿下のお望みを妨げるようなことはいたしませんが、娘にそのような大役が務まりますかどうか」

その言葉に一同がまたざわつく。そのざわつきを代表して、陛下が私に声をかけた。

「そなたは、アーリエンス侯爵の娘か？」

彼が、最初に私の身分を明かして紹介しなかったのは、最後の一押しでお父様の名前を使うためだったのね。

場の雰囲気を盛り上げて、お父様に反対されないように、という意図もあったのかも。

「申し遅れまして、失礼をいたしました。アンジェリカ・ルナ・アーリエンスと申します」

ルーク様が狙った通り、どこの馬の骨ともわからぬ娘からアーリエンス侯爵令嬢に格上げされた私に向けられる視線は、一気に変化した。

半分は、侯爵家の娘ならばかまわないかという容認の視線。残りの半分は、私が王子のお相手となるのでは、という疑いの視線だ。

「我が娘は、まだ社交界にも出しておりませんでしたので、いつ殿下のお目に留まりましたものか、驚いております」

みなの疑念を払拭するように、お父様が先手を打つ。

「書庫で、だ。私が読みかけで開いておいた古代アリー語の本を、彼女が目に留めて内容に気づいたので、これはと思って話しかけたのだ。侯爵の娘と知って話をするのは今日で二度目かな」

『侯爵の娘と知って』からは、先日街で捕まった時と今日だけだから、確かに二度目ね。侍女としては言葉は交わしても会話を成立するほどではなかったし。

嘘《うそ》は言っていないわ。

「天啓のことを知って、お前が王室の書庫に立ち入る許可を取ったのであろう？」

侍女として働きに出したのは、お前だろう、と暗に匂わせている。

「……はい」

お父様も、真実を口に出せないから、認めるしかなかった。

「では、彼女をアリーへの同行者に加える。よろしいでしょうか、父上？」

「いいだろう。許可しよう。色々と異論もあろうが、今は国難だ。最善の策を取るべきだろう」

陛下が認めてしまったら、もう誰も反対意見を述べられる者はいない。

これで、私のルーク様の通訳兼補佐官としてのアリー行きは決定した。

「そのようなことを考える者はいないと思いますが、一応言っておきましょう。私は国難を前に色事にうつつをぬかすつもりはありません。たとえ、アリーにどんな美女がいても」

アリーの女性を引き合いに出したが、それは私にお相手としての可能性はない、という牽制《けんせい》。

「それでは、アリーへの旅程と同行者について、もう少し話を詰めましょうか」

望まれた時以外、私はもう口を開かなかった。

役職と同行の許可という、要求すべきものは手に入った。

これ以上前に出れば反感を買う。

相手に欲があると思われてはいけない。それは営業の鉄則。

必要なもの以外を欲すれば、気分を害されて失敗すると、よくわかっている。

ここで残された私の役割は、愛想のない地味な娘、なのだ。

私が黙っていると、何かを察したのか、ルーク様が私の退室を命じた。

「ここから先は君の職務には関係のないことだ。教えるべきことは後で伝えよう。スイセンの間で待っていなさい」

何にでも口を挟ませるわけではない、通訳とアリーとの交渉以外には私を使わない、と示してくれたのかしら?

だとしたら、ルーク様は本当に聡明な方だ。

「はい。それでは控えております」

私は立ち上がり、皆さんに頭を下げ、退室しようとして足を止めた。

「あの……」

「何だ？　残りたいのか？」

「いいえ。今殿下のおっしゃったスイセンの間というのがどちらなのか……。王城に明るくないもので」

ルーク様は笑った。

私の意図をくみ取ってくれたのだわ。

私は王城に頻繁に出入りしているわけではない。何もかも知っているワケではないアピールに。

「書庫以外は知らぬか。おい、案内してやれ。長くかかるかもしれないから、茶も出すように」

立っていた侍従に命じた後は、もう彼は私の方を見なかった。

私は侍従に連れられ、今度こそ退室した。

ひとまず、一番の難関は乗り切ったわ、と安堵《あんど》して。


スイセンの間で待っていると、出されたお茶菓子を全部食べ終わった頃にルーク様がやってきた。

「君の処遇が決まった」

彼は私の対面に座り、肩の力を抜くように、足を組んだ。

足を組むというのはお行儀の悪いことなのだが、パン屋の二階での時といい、素のルーク様はちょっとワイルドなのかも。

「まず、君のことは父上の預かりということになった」

少し不機嫌な物言い。

「陛下の？」

「若い娘を私が推したというのは問題があるからな」

そのことが不満なわけはないわよね。

私とルーク様が親しいと思われることは、彼自身警戒していたのだし。会議で疲れたのかしら？

「でも、陛下自ら推されたとなれば、大事になるのでは？」

「思慮深いな。だが安心しろ。陛下が学者のルクセンに適任の者を連れてくるように命じ、ルクセンが君を推挙した、という流れになる」

それならば、みんなも納得するわね。

「君の、正式な役職は私の侍女兼通訳だ」

「侍女……？」

補佐官ではなかったの？

「すまん、反対派に押し負けた。その上、君の提案は私の発案として議事録に残されることになった」

そっか……。

王子様としては頑張ってくれたけれど、やっぱり年寄り連中を言い負かすことはできなかったか。

というか、きっと反対したのは陛下ね。私が同席していた時の強気の彼なら、他の出席者に負けるはずがないもの。

「約束していた地位を渡すことができなかった上、君の手柄を横取りする形になってしまった。私の本意ではないと言っても、情けないことだ」

ああ。

だから彼は少し不機嫌だったのね。

誠実な人。

「どうぞお気になさらないでください。通訳の地位は勝ち取ってくださったんでしょう？　それに、元々侍女として働いていたのですもの、降格ではなく現状維持なだけです」

「怒らないのか？」

「殿下が私を騙《だま》していたのなら怒りますけれど、そうではないでしょう？　それに、発案者が殿下になっても、私の案は採用してもらえたのですから」

上司に手柄を横取りされるなんて、珍しいことではない。

でもそれが本人の意志ではなかったからと、ちゃんと謝罪してくれたのだもの。しかもこの世界では上司なんてものより絶対的な権力者である王子様が、よ。

怒れるわけがないわ。

「君は……」

「誰の発案かや私の役職より、今大切なのはタニシダを買いつけることですわ」

ずっと不機嫌そうな顔をしていたルーク様が、やっと笑った。

……だから、美形の笑顔は破壊力があり過ぎるのよ。

「そうだな。アンジェリカの言う通りだ。だが、その他のことについては、少しばかりの勝利を手にしてきたぞ」

「勝利？」

「ああ。君は私の侍女ということだから、馬車は私のものに同乗する。召し使い用のものよりずっと乗り心地がいいぞ。それから、侯爵令嬢であることは公にされる。これは通訳として雇うのであればその方がいいだろうということもあるし、ただの侍女よりも旅行中によい待遇をすることができるからだ」

どうだ、いいだろう？　という顔で説明するのが、ちょっと可愛い。

本当に、補佐官とできなかったことを反省していたのね。

「それと、これも言っておくべきだな。アンジェリカはもう出発まで侍女として働くことはない」

「準備に専念するためですか？」

「それもあるが、アリーでよい働きをしたら、帰国後通訳として王城で働くことができる。侍女に戻るか、通訳になるか、選べるようにした。もちろん、働くのを止めて実家に戻るという道もあるだろう」

「あら、それはありませんわ」

「そう言うだろうと思った」

少し嬉しそうに、彼が笑う。

働きたいという私の言葉が、本気だとわかってくれていたから戦ってきてくれたのね。

何だか私も嬉しくなる。

「どちらを選ぶかは、戻ってから決断すればいい。まずはアリーのことを考えなさい」

「出発は何時ですか？」

「三日後だ」

「三日？　そんなに早く？」

行くことは覚悟していたけれど、そんなすぐにだったなんて。

「アリーへ行くこと自体はもう決まっていたからな。君が行くことがイレギュラーなだけだ」

「でも長い旅になるのでしたら、支度が……」

「君の旅支度はアーリエンス侯爵が整えて届けるそうだ。欲しいものがあったら、家に手紙を書くのだな」

欲しいもの、というより、侍女として行くなら、あまり派手なものを入れないように言わないと。

でも家で荷造りをしてくれるなら、下調べの時間は取れそうね。

「君は侍女の部屋を出て客間に移ってもらう。侍女の友人達に会うのが気まずければ、世話はエリソン夫人に任せてもいい」

「いつかわかることなら、早く知らせてしまった方がいいですわ。奥にお部屋をいただいて、侍女に一人も会わずにいられるわけがありませんもの」

「いいのか？」

あら、心配してくれるのね。

「殿下とのことを邪推されるのを恐れるなら、殿下にその気がないと知られれば大丈夫でしょう。私が今まで殿下方のどなたにも色目を使ったことがないのは、皆見てますし。特にルーク様のお世話から離れるようにしてましたから」

「離れる？　何故だ？」

しまった、口が滑ったわ。

鑑賞用だった、というわけにはいかないし……。

「畏れ多かったので」

取り繕った答えは、視線で否定されてしまった。そんなことがあるわけないだろう、と。

「……面倒なことになるのが嫌だったので」

「王子に見初められるのは面倒か」

「見初められること自体に面倒はないでしょうけれど、見初められたいと思っている戦いの中に入るのは面倒です。私は王子妃や王妃を目指しているわけではありませんし」

「私に魅力がない、か？」

意地悪い顔でにやりと笑われる。

彼に興味を持ってはいけないと思うけれど、この二面性は気にかかる。

ご立派で優しい王子様と、悪戯《いたずら》っ子というか悪巧みをしている男というか、一癖ありそうな一面と。

考えてみれば一国を担う未来の国王が、清廉誠実なだけであるわけないのだろうから、本質はどっちかなんて考えても仕方ないわね。

きっとどちらも本質なのだわ。

そういう人間には、ごまかしを使わない方がいい。

「興味は持たないようにしております。申しました通り、面倒は嫌いなので」

「私は君に興味があるがね」

まだ悪い方の顔の表情。

どうも彼は、私の前ではこちらの顔を見せることが多いようだ。

「……私など、つまらない女ですのに」

「そんなことはないさ。有能で底が知れない。まだ隠していることがあるのではないかと疑いたくなる」

「買いかぶり過ぎですわ」

互いに本心を隠して、にっこりと微笑み合う。

仕事はしたいけれど、遊ばれたくはないのよ。認められたいけれど、からかわれたくないの。

「お話はうかがいましたので、私、そろそろお部屋の方へ下がらせていただいても？」

玩具《おもちゃ》にされたくなくて、退室を願い出たが、却下されてしまった。

「君の部屋の支度がまだだ。まずは私の部屋へ来なさい」

「殿下の部屋へ？」

突然の言葉に、思わず声が大きくなる。

「驚くほどのことか？　ああ、私に望まれたと思ったのか？」

わかってってからかってるわね。

「いえ、そのようなことは」

「安心しろ。君にはグルジール戦記を読んでもらいたいだけだ。あの国では聖典のように扱われているそうだから読み切っておきたい。だが、我が国には古代語のものしかなくて苦戦していたのだ」

「それでしたら私室ではなく書庫ででも……」

「君の言葉はこの国の言葉にしか聞こえないのだろう。他人に、私が侍女に冒険譚の本を読み聞かせられている姿を見せろ、と？」

そうね……。ルーク様が竜だの神様だのが出てくる話を、わざわざ侍女に読ませている姿はちょっと変に思われるかも。

「その間に君の部屋の用意もできるだろう。さあ、行くぞ」

立ち上がったルーク様はテーブルを回って私の肩を軽く叩《たた》いた。

「ついでに、君の考えをもっと詳しく教えてくれ。何せ、私が考えたことになるのだから」

そして小さな声でもう一度謝罪の言葉を口にした。

「すまんな」

その頼りない声の響きは、胸の奥をむずむずとさせた。

鑑賞用ではなく、人間っぽくて。


アリーへの一行は、結局小人数ということだった。

まずルーク様、そして彼の健康管理と交渉の際の医学知識の補足のために医師が一人。警護のための近衛の騎士が五人。外交の役人達と侍従達、合わせて総勢二十人。

小人数とはいえ、結構な人数だ。

そして、通訳で同行するはずだった言語学者に代わって私。

国内の宿は我が国で手配した。

途中通過する二国のうち、隣国でもある小国ザルトアは通過のみ、その向こうのトガルでは二泊することになるがその宿の手配はアリーがしてくれる。

そしてトガルから小さな海峡を船で渡ればアリーだ。

国の一大事で出かけるのだけれど、船に乗ると聞いて、心が躍った。

この世界観だもの、きっと帆船よね。何かとってもスペクタクルじゃない?

アリーに入ってからはすぐに王宮を目指し、向こうでは離宮を滞在地として貸してくれるらしい。

砂漠にも興味はあったのだけれど、旅程では砂漠を旅する予定はないそうだ。砂漠が広がるのは王宮よりももっと南の方だけなので。

出発までの三日間、私は与えられた上等の客間で、毎日ルーク様と過ごした。

例の、グルジール戦記を読み聞かせるためだが、それを読み終えると、彼が私に色々な質問をしてきた。

「アリーに持ちかける商談の内容を細かく詰めたい」

とのことで。

向こうに着いてから恐らく対応してくるのはあちらもユフラス王子だろう。

年も近く、既に自治領を持っていて、次期国王との噂が高い。

人物像はルーク様にもわからないが、商人達から仕入れた情報では、頭がよいが気まぐれで、家臣には冷酷なところがあるとのことだった。

頭がよい、ということはこちらの出す条件などについて適当にごまかしていては、色々突っ込んでくるかもしれない。

私は二人の王子の会談の席に同席はするだろうが、意見を求められることはないだろう。

なので、ユフラス様に何を言われても、ルーク様がきちんと受け答えができるように、考えの全てを『彼のもの』にしなければならない。

幸い、それは難しいことではなかった。

ルーク様も頭がよかったので。

ただ、頭がいいだけに質問が多かったけれど。

「こちらの薬品に関するレシピを渡せ、アリーに工房を作れと言われたらどうする?」

「それはこちらの大切な財産ですから、断っても差し支えないと思います」

「他国より安価に売ることに対して、アリー以外の国から文句が出る可能性は?」

「原材料の供給というアドバンテージがあるので、当然のことだと反論できます」

「安価に売った薬品を、アリーが他国に販売したら?」

「生産をこちらが握っている限り、販売量はコントロールできます」

「もっとタニシダを売るからもっと薬品を売れと言われたら?」

「その頃には、我が国にタニシダが入ってきているはずですから、今まで通り自国での供給が可能になっているると思います。ですからそれはできないと仰《おつしや》っていいでしょう」

「だがそれで争いになったら?」

「薬品のレシピはこちらが握っているのですから、諍《いさか》いになれば薬が手に入らないということになります。一度使って有益性を感じれば、入手できなくなる危険はおかさないかと」

まあこんな感じだ。

とにかくこちらが、喉から手が出るほどタニシダを欲しがっていることだけは、気づかれてはならない。

この商談は、アリーにも利があるが、我が国にも利があると伝えること。

「何故自国の利を訴える?」

「アリーにだけ利があると思われれば、何か企みがあるのではないかと疑われるからです」

「なるほど。ではこういうのも付け加えてはどうだ？　アリーで我が国の薬が有効であると認知されれば、アリー以南の国にも薬の販路が広がるから、と」

「まあ、素敵なアイデアですわ。その時に中間の販売所をアリーに置くと言ってみてはどうでしょう？」

私はこの世界で、今まで男の人と話す機会が少なかった。

お父様やお兄様、召し使い。我が家を訪れるお客様。その程度。

お父様達が年若い娘とする会話は大抵が健康と結婚のこと。『最近どうだ？』『そろそろ嫁入り先を考えるか？』って、田舎の親戚か、って感じ。

召し使いはお嬢様に注意をすることはあっても、意見を戦わせるなんてことはしない。

なので、ルーク様との会話はとても楽しかった。

彼は、私の意見を聞いてくれる。

私の考えのいたらないところに突っ込んでくれる。

二人でよい方法を考えようとしてくれる。

この世界に来てから、初めての充実感を得られた。

いつまでもこうしていられたらよかったのだけど、出発の日はあっと言う間にやってきてしまった。

派手な見送り式などはなかった。

交渉が決裂した時のことを考えて、表向きにはルーク様の物見遊山ということになっていたので。

私は新しい眼鏡にしたので、顔がわかりにくいようにソバカスを描いておいた。

見送りは事情を知っている少ない家臣達と国王ご一家だけ。

その時に、カール様とジュリアン様に気づかれ、私が同行することがバレてしまった。

「お前が兄上の侍女として同行するのか？」

「その眼鏡の方が前のよりいいぞ」

概《おおむ》ね認めてもらえたようだが、私が通訳であることや、侯爵令嬢であることまではバレる前に出発することができた。

多分、好奇心旺盛な二人のことだから、戻ってくるまでには知られているだろうけれど。

王家の紋章の入った大型の馬車の中、私と殿下は二人きり……、ではなかった。

私も同乗はしていたけれど、この馬車の中も、立派な会議室だったのだ。

同行する役人達に、ルーク様が私と話し合ったことをレクチャーする場所となっていた。

「君は寝ていてもいいぞ」

と笑いながら言われたけれど、侍女が王子の前で居眠りできるわけがない。

というか、眠るなんてもったいないことはできなかった。

領地から王都へ来た以来の大旅行だもの。

ベルベッド張りのふかふかの椅子に座り、ルーク様達の声を聞きながら、私は窓から外を眺めることに必死だった。

王都を進んでいる時は、見慣れた街の景色。

立派な建物が並び、その隙間を埋めるように、これもまたしっかりとした造りの町屋と商店。

歩いている人々も身綺麗《みぎれい》で、馬車の往来も多い。

だが王都を囲む城壁を出ると、その風景は一変する。

王都に働きにきている人々のベッドタウンとでもいうのか、小さくてゴチャゴチャとした街が少しあった後は、一気に田園風景に変わる。

雰囲気は、南フランス？

季節は秋に近く、畑は収穫が近いのか作物がたわわに実っていた。

あれはきっと小麦ね。

この国が豊かなのがよくわかる。

山が少ないのだ。

耕作地が多いということは、農作物の収穫量が多いということ。自国でも十分に賄える上に、国外にも販売できるほどの量に恵まれているのだ。

惜しむらくは流通があまり発達していないこと。

ああ、もし私が商人だったら、もっともっと他の国の農作物を輸入したりもできるのに。

そのためには保存の方法が大事よね。

果実は追熟にして、早く収穫して運搬したらどうかしら？

「お嬢様は、景色が珍しいようですなぁ」

私が頭の中で何を考えているのか知らず、同乗していた役人が微笑ましそうに言った。

同行者は、私が侯爵令嬢と知っているので、態度も言葉も柔らかい。

「どうかな。とんでもないことを考えているかもしれないぞ」

ルーク様はここ数日で私のことがよくわかったようだ。

「まあ、今は用がないからな、好きにさせるさ」

昼頃に到着したのは、セベス伯爵邸。

やっぱり王子様ともなると、そこらの宿で休憩ということはできないのね。

こぢんまりとした、けれど瀟洒《しょうしゃ》な館では、かっぷくのよい伯爵様が一行を出迎えてくれた。

「久しぶりだな、セベス伯爵」

とルーク様が言うからには、顔見知りなのだろう。

「王子を我が領地に迎えることは、光栄の極みでございます。残念ながらお急ぎの旅と伺いました。せめてごゆっくりと昼食をお召しあがりください」

ここでは、私は侍女。

ルーク様と医師と役人は伯爵と同じテーブルについたが、私は他の侍従達と別室での食事だった。

もちろん、同行の侍従達も私の身分を知っているから、かしこまっていた。

「お嬢様が私共と同じテーブルだなんて」

「いいのよ。私は侍女としての同行ですもの」

「侯爵を名乗ることがいけないなら、せめて伯爵令嬢と伝えては？」

「それでも多分、待遇は変わらないと思うわ」

「どうしてですか？」

「食堂へ向かう一行の中に、こちらのお嬢さんらしい女性が、美しく着飾って入っていったのを見たもの。たとえ不美人でも、侍女でも、女性の同席を歓迎しないでしょう」

「いや、不美人だなんて……」

侍従達は顔を見合わせて口籠もった。

化粧をしないで眼鏡をかけて、派手な飾りをしない女性は、貴族達の中では『美人』とは呼ばない。

それをわかってるからいいんだけど、自分から不美人と言うと彼等も返答に困るわね。

「あなた方と一緒の方が気が楽だから、いいのよ」

王子一行の侍従となればセベス伯爵もいいところを見せたいから、それなりに待遇は悪くない。

通された部屋もよかったし、料理も美味しかった。

昼食を終え、お茶までいただいてから、再び出発。

私は同じように窓に齧《かじ》り付いていたが、ルーク様は医師と話をしていた。

陽《ひ》が暮れる頃到着したのは、別の貴族の館。

と思ったら、そこは王家所有の狩猟用の館だった。

ここでは話が通っていたのか、私の身分も侍女から侯爵令嬢に戻り、ちゃんとした個室が与えられ、夕食もルーク様達と同じテーブルにつくことができた。

夕食後、殿方達は別室でお酒をいただいていたが、私は早々に部屋に戻らせてもらった。

男性達の会話に入る気もなかったし、何より一日中馬車に揺られていたので、とても疲れていたのだ。

お湯をいただいて着替えを済ませ、すぐにベッドへ潜り込む。

何はともあれ、一日目はつつがなく終わった。

その安心感に包まれ、ゆっくりと眠るために目を閉じた。

翌朝、朝食をいただいたらすぐにまた馬車の旅。

王都から随分と離れたので、景色も変わる。

南は畜産が隆盛なので、田園風景は牧場に変わった。

馬はあまり変わらなかったのに、牛は私の知っている牛とはちょっと違っていた。できればもっと近くで見てみたいわ。

そうなのよね。

動物なんかは、少し違っててビックリしちゃう。

魔物とかドラゴンとかがいる世界じゃなくてよかったけれど。

今日の馬車の中は私とルーク様の二人きり。

「今日は他の方達と話し合いはしないのですか？」

訊いてみると、彼は当然だという顔をした。

「今日はザルトアに入るからな」

「ザルトアに入ると何かあるのですか？」

彼は意外、という顔で私を見た。

「我々の道程はアリーに知られている。もしかしたら偵察を出しているかもしれない。我が国の国内では動かないだろうが、一歩国を出たらわからない。自分のテリトリーではないから、不自然な人物がいても気づきにくい」

「見られることを警戒しているのですか？」

「友好的な訪問のはずなのに、馬車の中でずっとコソコソ密談していると知られたら、何か思惑があって来るのでは、と警戒されるだろう」

「なるほど……。あ、失礼いたしました。賢慮でございます」

交渉の内容をどう思われるかは考えていたけれど、その席につくまでにどう見られるかまで考えが及ばなかった。というか、密偵が出るなんて考えてもいなかった。

会社と会社の取引ではなく、国と国とのやりとりなのだということを忘れないようにしないと。

「別にいい。君は言いたいようにものを言え。その方が面白い」

私が反省した様子を見て、彼は笑った。

女なのだから考えが及ばなくても仕方がない、と思われたみたいでちょっとムッとする。

「殿下が私に何を求めてらっしゃるかは別として、私は私としての矜持《きょうじ》がございます。考えればわかることに思い至らなかったことは失態ですわ」

「君の矜持とは？」

「任された仕事に全力投球することです」

「通訳としての仕事はまだ始まっていないだろう」

「でも殿下は私を補佐官にするとおっしゃいましたわ。結果として認められませんでしたが、殿下の中では私がそれに足りるという評価がいただけたのだと自負しております。期待されたのなら、失望されたくありません」

これは決意表明なのに、どうしてまだ笑ってるのよ。

「君は本当に面白いな」

「面白いことなど言っておりませんが？」

幾分不機嫌に答える。

「女性は大任の前でしりごみするものだと思っていた。私にはそんなことはできません、と。だがどうやら君は任が重ければ重いほど燃えるようだ」

「お言葉ですが、殿下。女性の言葉を全て信じてはなりません。私にはできませんはただ失敗した時の保険をかけているだけということもございます」

「中身はやる気満々で？」

「はい」

彼は口元に浮かべた笑みを消さなかった。

楽しくて仕方がない、という感じだ。

もしかしたら、彼もまた私と意見を交わすことを楽しんでくれているのかも。

ちょっと変わった反応をする女を面白がっているだけかもしれないけど。

「今夜の宿について、考えているか？」

「え？」

「考えが及ばないことを反省していたのだろう？　それなら、今度の宿泊先について考えていたのか、と訊いたのだ」

青い瞳の中に、試すように光が見える。

脇息《きょうそく》に肘をつき、彼は体勢を楽にさせて話を続けた。

今日はザルトアを通過して、宿はトガルになる。

外国でも宿は勝手が違うかもしれない。

いいえ、そうではないわ。彼が言いたいのは、様式や対応のことじゃない。

「宿の中にアリーの密偵がいるかも、と？」

国を出てからの宿はアリーが支度している。向こうが用意したものなら、従業員全員がアリーの密偵でもおかしくないのかも。

「だとしたらどうする？」

「会話に気をつけます」

壁に耳あり障子に目ありと言いたかったが、障子の意味はわからないだろう。

「聞かれてもよい会話。見られてもよい態度で過ごす、ということですね。できれば、知られたら向こうが気を緩めるような言動をとる」

彼は、出発した時からずっとアリーに探られることを警戒していたのだわ。

だから最後の調整は馬車の中で済ませ、昼食は顔馴染みの伯爵家で、国内の宿泊は王家の館で過ごした。

でもここからは、全てに注意を払わなければならない。

「そう怖い顔をするな。侍女は主人の心を癒《いや》すものだぞ」

こっちが真剣に考えてるのに、またからかって。

「私ごときではルーク様のお心は癒せませんので、それは荷が重すぎですわ」

「女の言葉は、裏に失敗の保険、だったな。失敗してもいいから、善処はするのだろう？」

そう言ったな、という顔。

「私の言葉をちゃんと聞いてくださっていたようで、感謝いたしますわ」

そうなのよ。

軽んじてからかってるわけではないから、本気で怒れない。

「ではカール様達にお教えした謎掛けを出題しますわ」

「弟達と同じ扱いか」

「あら、皆様同じ王子様ですもの」

せめてもの意趣返しとばかりに、私はにっこりと微笑んだ。

どうせあなたにとっては簡単な問題でしょうけど。


昼食は、大きな宿で摂った。

ここでは、私の席はルーク様と一緒だった。

「お嬢様は通訳とみなされたのでしょうな」

医師はそう言ったけれど、ルーク様は何も言わなかった。

皆と一緒の時には、あまり私に話しかけるつもりはないようだ。

ザルトアのお料理は魚介がメインで、美味しかった。特に、大きなエビが。

昼食を終えると再び出発。

夕方になる前に国境を越えて、トガルへ。

我が国とザルトアに明確な国境はなかったけれど、ザルトアとトガルの国境には堅牢《けんろう》な壁があり、大きな門をくぐって越境した。

ここで、風景ががらりと変わった。

今までは西洋風の建物が多かったのだが、トガルでは石造りの、低層なものが多くなる。

そして山も多い。

馬車はその山を避けて進んでいたので、稜線《りょうせん》を眺めながら進んだ。

確か、トガルはあまり裕福な土地ではなかったわね。

我が国とアリーがもっと頻繁に交易を行えば、きっとこの国も潤うだろう。

日が暮れてようやく到着した宿は、まるで城塞のような立派な館だった。

クラックの王子が投宿するとあって、玄関先には篝火《かがりび》を焚《た》いたお迎えだ。

馬車が停《と》まると、すぐに建物の中から人が出てきた。

でも宿の人間じゃないわ。

カフタンローブというのだったかしら、アラブの人が着る長いワンピースみたいな服を着ている。

あれはどう見てもトガルの国の人の服装じゃないわ。

彼等の後ろから慌てて出てきた洋装の人達が、きっと宿の人でしょう。

馬で付いてきていた近衛の騎士達が、私達の馬車を守るようにローブの人達の前に馬を入れる。

「歓迎なさるのでしたら、まず名乗られよ」

騎士の一人が声をかけると、ローブを着た者の一人が前に出て、胸に手を当てて頭を下げた。

「ご挨拶が遅れまして、失礼いたしました。アリーよりのお迎えとして待機しておりました。グレスと申します。ご到着を歓迎し、無事我が国へ王子御一行を案内するために控えておりました」

彼等の声は、馬車の中にまで聞こえていた。

それを聞いていたルーク様の顔が、スッと冷たく引き締まる。

初めて見る顔。凛々しい王子様でも、人をからかう意地悪な男でも、何かを企む悪い顔でもない。

敢えていうなら、冷徹な為政者の顔だ。

「……面倒だな」

と小さく呟《つぶや》いた声も、私には届いた。

けれどすぐに優雅な王子の顔になり、窓を開けた。

「フリッツ」

騎士の名を呼ぶ。

それだけで相手はルーク様の望むことを察した。

彼は馬に乗ったまま、私達の後ろを付いてきていた侍従達の乗る馬車に合図を送った。

すぐに侍従達が降りてきて、私達の馬車の扉を開けた。

「言うまで降りるな」

と命じて彼が馬車を降りる。

「アリーからの迎えとか。ご丁寧なことだな」

柔らかな声。

「私がクラックのルークだ」

その一言で、侍従も騎士も、彼に礼をとる。

アリーの使者も、改めて彼に頭を下げた。

「国賓でございますので、何か粗相があってはいけないと思いまして。本日の宿に不備がありましたら、どうぞ私にお申し付けください」

「不備、か。宿の者がそんなことがあるはずがない、という顔をしているぞ。ここはアリーではないのだ、少し気を遣え」

「これは、失礼いたしました」

指摘され、彼等は宿の者に場所を譲った。

「ありがとうございます、殿下。もちろん、私共に不備などございません。毒味役も当方がきちんと用意してございます。お部屋も最高級でございますよ」

毒味役……。

彼が呟いたように、面倒そうだわ。

トガルにしても、ルーク様は賓客、アリーに口出しさせずに歓迎したい。アリーは自分達が招いたのだから、全て自分達が責任を負うと思っている。

両国が、絶対に失敗しないぞ、という気持ちのまま見栄《みえ》を張ってるというところかしら。

それだけに、何か粗相があったら、お互い相手に罪をなすりつけようとするでしょう。

アリーの人間がここにいる。ただそれだけでこの面倒を察したのは流石だわ。

「では、案内を頼もう。他の者を降ろせ」

ルーク様の言葉に、侍従の一人が扉から私に向かって手を差し出した。

医師や役人達も、それぞれの馬車から降りてくる。

アリーの使者は全員にも、深く頭を下げたが、挨拶の言葉はなかった。

宿の者が先に立って、建物の中に入る。

支配人らしい男は、建物の来歴などを、ルーク様に一生懸命説明していた。

「ここは旧サイラス伯爵の城でして。まだ治安がよくない頃に建てられた城塞でございます。今は伯爵家はなく、領主は別のところに屋敷を構えております。内装は私共が手掛けました」

グレス、と名乗った男は私を一瞥《いちべつ》し、黙って列の最後尾に付いていた。

「こちらが同行の方々のお部屋でございます。従者の方々のお部屋はこの廊下の奥になっておりますので、この者がご案内いたします」

「アリーの方達はどちらに?」

「我々は建物の反対側におります。よろしければご一緒に夕食などいかがでしょう?」

「いいでしょう。では、夕食時に」

ルーク様の言葉は『夕食の時まで放っておいてくれ』ということね。

相手もそれを察し、おとなしく引き下がった。

「本日の宿泊客は、皆様方とアリーの方だけでございます。どうぞごゆっくりなさってくださいませ。夕食は食堂にご用意いたしますので、後でメイドが迎えに上がります」

ルーク様のお部屋は、二階。私の部屋はルーク様の隣だった。

私とルーク様の部屋を挟んだ両側が騎士達の部屋。これは警備の都合だろう。

役人達と侍従達は階下に纏められ、御者などの召し使いは別棟。

ルーク様の部屋には、まず騎士達が入って安全を確認し、それから全員自分の部屋に入った。

私も、ドアを開けて中へ。

侍女の部屋とは思えないほど、中は壁や天井に花が描かれた豪華な部屋だった。

宿の人間が内装を自慢したのがわかる。外観とは全然違う美しさだ。

入ってすぐ左手の扉は小さなベッドの置かれた寝室。豪華な部屋にはそぐわないけれど、予備の部屋かしら?

右手の扉はドレッサー等の置かれた広い支度部屋。寝室よりこちらのが広いのじゃないかしら？

左右の扉を見ながら短い通路を奥へ進むと、二つの部屋を合わせたよりもずっと大きな居間。

大きくゆったりとしたソファとテーブル。そこに座って眺められるように、建物の内側に面したバルコニーには小庭が造られている。

この建物は、ドーナツ型なのね。

あの窓から、中庭が見えるのかしら？

そう思って居間に足を進めると、ルーク様の声が聞こえた。

「やっぱり、な」

……え？

振り向くと、さっき自分の部屋に消えていったルーク様がそこに立っていた。

「じ……、女性の部屋に勝手に侵入するのは、いかに殿下といえども非礼ですわ！」

驚いて叱った私を無視して、彼は近づいてきた。

「ルーク様！」

思わず後じさったので、その足が止まる。

「テーブルの上を見てみろ」

テーブル？　何があるというの？　ただウェルカムドリンクが用意されているだけじゃない。

「お茶の支度がされておりますね」

「カップは？」

「二脚用意されていますけれど、それが何か？」

そんなことより女性の部屋に入り込んだ説明を、と睨みつける。

「君は時々抜けてるな」

彼は、悪びれるどころか呆れた顔で私を見た。

「ここが君の部屋でも私の部屋でも、カップは一つでいいはずだ。だが二つ用意されているということは、ここは『二人』のための部屋なのだよ」

「二人って、誰と誰の？」

「私と、君だ」

彼は自分と私を指さしながら言った。

「は？」

「私はあちらの扉から入ってきた。君がそっちから来たということは、そちらにも扉があるのだろう？」

ち……、ちょっと待って。

「どうしてそんな」

「恐らく、私が突然若い侍女を連れて行くと伝えたので、そういう相手と思われたのだろう」

「そういうって……」

「旅の間のお相手、かな？」

「だって侍女ですよ！」

「ただの侍女ならば、最初から予定に組み込まれているだろう。だが突然私の要望で一人加わった。それがどんな人間だか調べられていたのだろう。旅の途中で私と同じ馬車に乗り込む若い女性をな。それでそんな想像をしたのだろう」

「でもそんな人間は……」

こちらの様子を窺っている人間がいたら、護衛の騎士達が気づいたのでは？

「上手くやったか、気づかれないくらい遠くから見ていたのだろう。ドレスだけ着ていれば、男か女かはわかる。容姿まではわからなくてもな」

……何か、引っ掛かる言い方だわ。

「誤解ですから、お部屋を別に用意していただきます」

「だめだ」

「だめ？」

「ここで不備をとがめることはできない。彼等のどちらが『気を利かせた』のか、問いたださなければならなくなるからな」

彼等のどちらが……、トガルの宿の人間か、アリーの使者か。

きっとお互い『相手が誤解した』と言い張るだろう。

どちらも、『下』の人間だ。他国の王子に恥をかかせたとなれば、宿の人間はトガルの国王に、アリーの使者はアリーの国王に怒られることを恐れるに違いない。

「私に手を出されることに怯えているのか？」

彼は、笑みを浮かべながら私に近づき、顎を取って上向かせた。

これって、キスの体勢？　まさか、面白がるだけでそれ以上はしないわよね。

思わず身を固くすると、ふっと笑ってその手を離してくれた。

「それなら安心しろ。私にも好みがある」

あっさりと私を放って、居間に繋がる奥の扉を開けて中を覗いた。

失礼な言葉だけれど、今はそうあって欲しいものだわ。

「寝室も二人用だな、ベッドが大きい。二人で寝ても触れ合うことはないだろう」

やっと私は理解した。

私が入ってきた扉のすぐ横にあった、この部屋に不似合いな寝室。あれは侍女の寝所なのだわ。ここは貴人のご夫婦の部屋で、奥様の支度部屋のすぐ近くに侍女を寝泊まりさせていたのだ。

「見てみるか？」

「結構です。私は他の部屋で休みます」

「別の部屋はとれない」

「あちらに、奥様付きの侍女の部屋がありました。そこを使わせていただきます」

「ほう、どこだ」

彼が、私が入ってきた扉の向こうに消える。

「お待ちください、殿下」

追いかけると、彼は件《くだん》の寝室を覗いていた。

「ふむ。まあまあだな。君は元々侍女の部屋で暮らしていたのだろう？　それならここでいいな」

「はい。十分です」

「では、他の者を呼ぼう」

「他の方を？　黙っていれば、続き部屋だと知られないのに、わざわざ知らせるのですか？」

「騎士達が既に部屋を確認している。それに、君は明日も同じドレスを着るわけではないだろう？　着替えを運ばせるなら、侍従も中に入るはずだ」

……その通りだわ。

「それならば、先にこの部屋を見せておく方がいいだろう。反論は？」

「……ございません」

「では、君はお茶でも淹《い》れてくれ。いや、他の者も呼ぶので、メイドに改めて用意させた方がいいな」

まるでここに私などいないかのように、彼は居間に戻ってメイドを呼ぶベルを鳴らした。

それを聞きながら、ポツリと呟いた。

「別にいいわよ、ルーク様の好みじゃなくたって」

さっき顎を取られてドキッとしてしまった自分を反省するように。

「災難でしたな」

医師も、役人も、騎士も集められた部屋で、マインド医師が私に言った。

マインド医師は、お父様と同じくらいの年で、穏やかな方だった。

「びっくりしました。でもここで文句を言うとトガルとアリーの諍いのタネになると言われて」

気遣いはありがたいけれど、私が望んだわけではない、とアピールも忘れないようにしないと。

「女性お一人ですから、大変ですな」

「ここで成果を見せれば、通訳として雇っていただけるかと思いまして」

「アンジェリカ様は、侯爵令嬢では？」

「はい。ですから、きちんとした職以外が許されなくて。私、働きたいんです」

「そうですか。うちの病院にも、そういう女性はいますよ」

「女医さんですか？」

「女医？　ああ、女性の医師ね。いや、まだ女医はいませんな。看護師です。経理等にもいたかな」

そうか。そこまでではなかったか。

「だが、女性には母性があるので、病人の世話にはもってこいです。とはいえ、アンジェリカ様には勧められませんが」

現世ならセクハラ的発言ね。

全ての女性に母性があるわけではない。女性に母性を求めるなら男性に父性も求めるべきだ。

けれど、この世界では彼の言葉は女性に対する褒め言葉だろう。

この世界における女性というものに対する感覚は忘れないようにしないと。

「おお、そろそろ夕食のようですな。テーブルでは私の隣にいかがですか？」

「喜んで。是非マインド様の病院のお話を聞かせてください」

愛人と疑われているから、ルーク様と私を離そうという考えがあっての誘いかもしれない。それなら、それに乗っかった方がいいわ。

決して王子様の愛人になりたいわけじゃないもの。

メイドに案内されて向かった食堂では、アリーの方々が既に着席して待っていた。

私は誘いに応じた通り、マインド医師の隣に座ろうとしたのだが、ルーク様に止められた。

「アンジェリカ、君は私の隣だ」

せっかくマインド医師が気を遣ってくれたのに。気遣いを無駄にするつもり？

「通訳が私から離れてどうする」

いけない。

注意力が足りなかったわ。

さっきのアリーの使者の言葉を皆が理解していたから、つい通訳という役割を忘れていた。

「彼女が通訳なのですか？」

使者のグレスは慇懃《いんぎん》な態度ながら、小ばかにしたように言った。

「けれど、通訳は必要ありません。私はクラックの言葉が話せます。私の伯父が、クラックの商人と親しくしていますので」

「そうですか。だから我が国の言葉がお上手なのですね。心強い」

ルーク様に褒められて、グレスは得意げな顔をした。

ここでは通訳としての出番はなさそうね。

それならここはおとなしくして、目を惹《ひ》かないようにした方が得策だ。

当然のことながら、グレスが私に話しかけてくることはなかった。

役人達とは少し会話していたが、ターゲットはルーク様のみ。

そして、クラックの言葉が話せるのは、グレスだけのようだ。

一緒に並んで座っている者達の会話が聞こえても、こちら側の人間は誰も反応しなかったから。

「随分と美男子だな」

「いいや、ユフラス王子の方が美しいさ。何よりこの王子は女の趣味が悪い」

私は通訳だ、とルーク様がたった今言ったのに。ああ、彼等はクラックの言葉を喋《しゃべ》れないだけでなく、聞き分けることもできないのね。

それならそれで、喋らせるだけ喋らせておきましょう。

私はゆっくりと食事を楽しみ、いつものようにお酒の席は遠慮して、先に部屋に下がらせてもらった。

ナイトドレスに着替えようかと思ったが、ルーク様もこの部屋に戻ってくるのだと思い出して止めた。

彼を出迎えるつもりはなかったけれど、万が一があるかもしれないじゃない？

私は侍女なのだから、お茶を淹れろとか何とか、呼び出されるかも。

彼が戻って自分の寝室に入るまで、気を抜いてはいけないわ。

侍女用の寝室に閉じこもって暫くすると、ドアをノックする音が聞こえた。

ドキッとして、座っていたベッドから飛び上がる。

けれど、ノックしたのはルーク様ではなかった。

「アンジェリカ様、ルーク様がお呼びでございます」

侍従の声だ。

「すぐ参ります」

よかった。二人きりではないのだわ。

扉を開けると、侍従が待っていて居間へと私を誘った。

「御用でしょうか？」

ルーク様は上着を脱ぎ、シャツ姿だった。

でも大丈夫、侍従がいるもの。

色っぽいとかカッコいいとか思っても、彼は鑑賞用なんだから、平気、平気。アイドルの写真集を見ているのだと思えばいいわ。

「食事中のアリーの者達の会話は聞いていたか？」

言われると思っていたわ。

今度は抜けてるなんて思わせないわよ。

「はい」

「何を話していた？」

「主に自国の王子の自慢でした。ルーク様と比べていたようです」

女の趣味云々《うんぬん》は黙っておこう。

「他には？」

「どういう目的でアリーを訪れるのかを心配していました。グレスは下級貴族で、使者の大役を得たのはクラックの言葉がわかるからだと」

彼等はそのことに不満を持っていた。

もしも今回のルーク様の来訪を機にクラックとの親交が深まるのなら、自分達もクラックの言葉を覚えれば取り立ててもらえるかもしれない。

王子は既にクラックの言葉を覚えているので、早くした方がいい。

後は我々の一行の人物評価だ。

剣を手放さぬ騎士は、城に入れる前に剣を預かるようにしよう。役人の中に一人毛色の違う者がいるが、あれは何者なのだろう。

これはマインド医師のことらしい。

そして最終的に、自分の国の人間の方が優秀に違いない、で終わっていた。

私の報告を一通り聞き終えると、彼は「その程度か」と漏らした。

「もう休んでいいぞ。明朝は着替えてから出てくるように」

当たり前じゃない。

「かしこまりました。それでは、失礼いたします」

私は侍従に軽く会釈し、寝室へ戻った。

別に危険を感じていたわけじゃないけど、何となくで、扉の前には椅子を置いておいた。

小さな椅子は、扉を開けることを阻むことはできないだろうけれど、誰かが入ろうとしたら音がする。これは侵入者対策よ。決してルーク様を警戒しているわけではないわ。

それでも、着替えをする時も、じっと扉を睨んだままで、ベッドに入ってからもしばらく休むことはできなかった。

扉で隔てられているとはいえ、同じ室内に男の人がいる。

自慢じゃないけど、前世でも仕事一筋で男性経験のなかった自分としては、ドキドキだ。

「大丈夫。ルーク様は相手に困ってもいないし、私は好みじゃないと言ったんだから」

彼が何かをする、なんて自意識過剰よ。

今までだって、ルーク様はそんな素振りは見せなかったじゃない。

そう思った瞬間、さっき顎を取られた時のことを思い出してしまった。

向けられた、深い、青い瞳。

触れられた男の人の固い指先。

平気なフリはしていたけれど、本当は驚きすぎて咄嗟《とっさ》に反応ができなかっただけだった。

からかわれただけなのに意識してしまった。

それが悔しくて、疲れていたはずなのに、なかなか眠ることができなかった。

あの時の、ルーク様の顔ばかりが浮かんで……。


翌朝、いつもより少し早く目覚め、私は寝室で着替えを済ませてから向かいの支度部屋に飛び込んだ。

髪を結うのとそばかすを描き込むには鏡が必要だったので。

どこから見ても地味な侍女に見えるように作り上げてから、やっと居間へ出る。

朝の光の差し込む明るい居間には、既にルーク様はソファに座っていた。

「おはようございます。遅くなりまして」

「遅くはない」

着替えが済んでいる、ということはもう侍従が部屋を訪れた後なのだろう。

「本日は、アリーへ入るのですね？」

話しかけながら、離れた場所に座る。

王族の前での着席には許可がいるが、ここは私の部屋でもあるのだからいいだろう。

「夕方になるがな。長旅だったな、疲れただろう」

「平気です、座ってるだけですから」

「体力があるな」

「運動してますので」

「運動？」

そうか、ここには運動という概念がないのだっけ。

「普段から身体を動かしているので。侍女の仕事も体力勝負なんですよ」

「そうか」

ストレッチとかラジオ体操とか教えてあげたら喜ぶかしら？

おかしなダンスと言われるだけかも。

「今日の予定は、昼過ぎに国境を越え、アリーに入る。さっきも言ったが、城に入るのは夕方になるだろう。

城に入ってからは私にもわからん。恐らく歓迎のパーティは催されるだろうな」

「お疲れでしょう？」

「君が私を心配するのか」

「私は体力がありますもの」

「私に体力がない、と？」

「そんなわけありませんわね。では、殿下のお身体の心配は、自分が疲れを感じてからにします」

「そうしろ」

奥の部屋の扉が開いて、侍従が出てくる。

気づかなかったけれど、ずっと奥にいたのね。

「お荷物は先に馬車へ運んでおきます」

「アンジェリカのも運んでおけ」

「はい」

侍従はこちらをみて「もうお部屋へ伺ってもよろしいですか？」と尋ねた。

「ええ、どうぞ。お願いするわ」

侍従は頷いて、私の寝室の方へ消えた。

「アリーの使者は、私達に同行するのでしょうか？」

「恐らくな。お節介な道案内だ」

「歓迎してません？」

「監視されているようだ」

「監視役というほど有能には見えませんでしたわ」

私が言うと、彼は表情を緩めた。

「何故そう思う？」

「会話の内容が、知的とは言えませんでしたので。お気になさるほどではないかと」

「そうか。ではそうしよう。そういえば、君は彼等の会話で、私に報告しないことがあったな」

「何でしょう？　殆どお伝えしたと思うのですが」

何かあったかしら？

大した話をしていなかったけど、一応全部伝えたつもりだったのに。

「私の女性の趣味が悪い、と言っていなかったか？」

彼はにやりと笑った。

侍従がいなくなったら、またこういう顔をするのね。

「……聞こえてたのなら、報告の必要はありませんわ」

「グレスとの会話がまだ込み入っていない時だったから、耳に入っただけだ。日常会話はわかるのでな」

きっと彼は、私を侯爵令嬢とは思っていないのね。まだ侍女と思っているから素の顔を見せるのだわ。

「侮辱されれば怒らなければならない。今度からは報告しろ」

「女の趣味が悪い、というのは侮辱ですか？」

「審美眼を疑われたくない」

「わかりました、これからは注意いたします」

自分が不美人と言われてることをわざわざ報告しろなんて、イジメだわ。

メイドが朝食を呼びに来たので、揃って部屋を出る。

階下に降りると、役人達が待っていた。

アリーの使者達も。

私はスッと、一行から離れ、黙ってついて行く。

朝食の席でも、グレスはずっとルーク様に話しかけていた。

内容は、アリーはいいところだ、食事も美味しいなど、観光地の売り込みみたいなことを。

会話に加われない者達も相変わらず。役人達の服装を批評したり、私を批評したり。

ここまで『不美人』と言われ続けると、髪を下ろしてそばかすを消して眼鏡をとってやりたくなるわ。

これでも、この世界に生まれてからはずっと美人と呼ばれてたのよ。

私から見たって、アンジェリカは美人だわ。前世の自分は十人並だったけど……。

あの頃は、化粧にも興味がなかった。

若いというだけで女性として意識されるのは嫌だったし、化粧にかまけて仕事をおろそかにしていると言われるのも嫌だった。

清潔感があれば、それでいいと思っていた。

でもここでは、身だしなみとして化粧を求められる。

だから、化粧をしてない私は不美人のワクに入ってしまうのだろう。

美醜《びしゅう》なんか、気にしないと思ってたのに、やっぱり悪く言われるのは嫌なんだわ。

でも、今回の私の役目は侍女で通訳。着飾る必要はないのだから、甘んじて『不美人』を受け入れるしかないわね。

食事を終えると、出発だ。

宿の従業員全員が集まったのではないかと思うほどの大勢に見送られ、私達は出発した。

いよいよアリーに入るために。


港は、既に異国情緒に満ちていた。

地面はレンガ敷きで、その上を荷車が忙しく走ってゆく。

クラックの王子一行とあって、港でも警備と歓迎の人が多かった。

お忍びではないけれど、こんなに派手にされるのは、ルーク様の本意ではないようで、馬車の中ではずっとムスッとしていた。

引き結んだ唇と表情のない顔を、不機嫌と思っていたのだけれど、それは間違いだったようだ。

馬車を降りて、用意された帆船に近づいた時、彼が私に言った。

「ここからは、私も行ったことのない土地だ。心してかからねば、な」

彼も、緊張していたのだ。

「アンジェリカ、見るといい。あの巨大な建物群を」

大きな船の向こう、対岸が見える。

遠く、小さく見える白い建物は、近くに行けば大きなものなのだろう。

交易の要である港だからと言えば当然なのかもしれないが、あんなにも多く建物があるということは、国力が豊かだということだ。

そこに、この小人数で乗り込んでゆかなくてはならない。

ルーク様ほどの人物が、緊張しているのだ。

「楽しみですわ」

緊張をほぐそうと、私は言った。

「初めての土地で何が起きるのか、ワクワクします」

彼は私を振り向き、やっとその顔に表情を載せた。

「君は度胸がある。見習わねばな」

微笑んだ顔には、もう緊張も不機嫌さもなかった。

馬車を船に載せ、私達も乗船する。

帆船は、海峡を渡るためだけのものなのにとても大きくて、揺れを感じることはなかった。

風も穏やかで、気持ちがいい。

足を踏み入れたことのない土地へ行く。

彼を勇気づけるためだけでなく、本当にワクワクした。

いつも、見知らぬ土地へ行く時には不安と期待でいっぱいだったあの頃を思い出す。

あの頃は、言葉や習慣の違いに苦労したが、今回は言葉に苦労することはない。それを思えば不安より期待の方が大きくなる。

でも、他の人々は皆言葉がわからないので、不安の方が大きいのだろう。みんなで寄り固まって、ぼそぼそと話をしていた。

もっと乗っていたかったのに、船はすぐに対岸に到着し、同じように歓迎の迎えが集まる。

ルーク様は、もう『王子様』の顔をしていた。

港を治める司政官は滞在を望んだが、グレスが城で陛下がお待ちだ、先を急ぐと突っぱねてくれた。

歓迎を感謝し、土地の素晴らしさを口にし、もう一度ゆっくりと滞在したいとリップサービス。

ただ、ここでもグレスが先を急がせた。

私としては、もっと港の雑多さを味わいたかったのだけれど仕方がない。

再び、自分達の馬車に乗って走りだす。

賑《にぎ》やかだった港町を出ると、風景がゆっくりと変わる。

植物が変わる。

気温と空気が変わる。

歩く人々の衣服が変わる。

私は窓に齧り付いて、外の様子を眺めた。

砂漠の国と言われたけれど、果樹園が多く、実りもいい。

馬はクラックのものよりも背が高く美しいが、人々が多用しているのは、ロバのようなずんぐりむっくりした獣だ。

事前にアリーのことは調べていたけれど、写真という文明がないので、図版でしかわからなかったものが目の前にある。

「楽しそうだな」

どうせ子供と思ってるんでしょう。でもこれは敵情視察なんだから、からかわれても気にしないわ。

「楽しいですわ。ルーク様はご覧になりませんの？」

「王子が窓から顔を出していてはみっともないだろう」

あら、もしかしてルーク様も外を見たかったのかしら。

「……ですわね」

振り向いてその表情を見ようとすると、目が合った。

「その分、君が見ておいてくれ。私は未《いま》だにアンジェリカは補佐官だと思っている。役職はやれなかったがな」

殺し文句だわ。

どんなに近くにいても王子様と恋愛は無理、と思ってるから色っぽいことにはときめかないけれど、仕事人として認められるとときめいてしまう。

仕事人間だったのよね。

自分のアイデンティティは仕事の成果、と思っていた。

人生やり直して、恋愛可能な外見を手に入れても、染み付いた感覚を切り替えることができない。

まあ、オンナノコだもの、ちょっとはときめいてしまったけれど。ルーク様があまりにも美形だから、現実味が湧かなくてよかった、ってところね。

王都を囲む城壁が見える。

門に向かって少し上り坂になっているので馬車の速度が落ちる。

だが門を抜けると下りになったので、坂が人工的なものだとわかった。

攻められた時に、少しでも敵の足をにぶらせるためだろう。

城壁を越えると、『異国』が広がった。

「街が……、大きいです」

思わず声に出してしまうくらい、驚きの光景だった。

平屋の積み木のような小さな家と広い道に並ぶ露店。

その先にはぐんぐん近づいてくる大きな建物の群れ。

道路のあちこちに水栓があり、人が集まっている。井戸ではなく出しっ放しの蛇口みたいなものだ。

ということは上下水道が完備されているということかもしれない。少なくとも、綺麗《きれい》な水に困ることはないのだろう。

大きな建物が並ぶ街へ入ると、歩いている人々の様相が変わる。

着ている服はグレスが着ていたのと同じローブなのだが、こちらの方が飾りを付けている人が多い。使用人らしい者も連れている人もいた。

外輪は庶民の街、内側に貴族の街、中心の王城ってことね。

その貴族の街は全て鉄柵で囲まれ、敷地も広い。ごちゃごちゃとした感じはない。

見たままを、ずっと私は実況中継のように背後にいるルーク様に報告し続けた。

「王城が見えましたわ。白くて、横に大きな建物です」

建築様式も中東のよう。

「ではそろそろ顔を引っ込めろ。はしゃぎ過ぎていると思われたくない」

「はい」

もっとよく見たかったけれど、どうせその前で降りるのだからいいわ。

座席に座り直して、正面の彼と目を合わせる。

うん、完璧な王子様だわ。

「何だ?」

視線を感じて問われたので、丁度言いたいと思っていたことを言ってみた。

「ルーク様もご存じの通り、私はアリーの言葉もクラックの言葉に聞こえます。ですから、通訳が必要な会話かどうかがわからないのです。もちろん、全ての会話に耳を澄ませておくようにいたしますが、ルーク様に報告すべき会話かどうか、合図を送っていただきたいのですか」

「そうか、それは考えなかったな。グレスのように、商人とのやり取りで我が国の言葉を理解する者が集められているかもしれない」

我が国は、交渉の内容を商人に知られたくないから、内々のメンバーで挑むことになったが、アリーはそんなことを気にする必要はない。

まして、絶対王制のこの国では、商人が何かを企んだら王命で処罰してしまえばいいのだ。

「他の者にも、外での会話に気を付けるように注意しなければならないな」

ルーク様は難しい顔になった。彼も、アリー側にもクラックの言葉を話せる人間はいない、と思っていたのだろう。

「そしてもう一つ、私が話す言葉は、アリーの人々にはアリーの言葉に聞こえる、ということも覚えておいてください」

「アンジェリカと内緒話をしていても、お前の言葉だけは向こうに筒抜けということだな。案外便利というわけではないな」

「すみません」

「謝る必要はない。私がもっと早くに気づけばよかった。注意しよう」

そうこう言っているうちに、馬車は王城に近づき、音楽が聞こえた。

これって、歓迎の音楽？

……そうだった。

馬車が停まる。

侍従が扉を開ける。

私が先に出て、侍従とは反対側の扉の横に立ち、頭を下げる。

音楽が鳴り響く中、ルーク様が馬車から姿を見せる。

馬車が停まったところから城の入り口に向かって、真っ赤な絨毯《じゅうたん》が敷かれ、その両側に並んで立つ女性達が手に提げた籠から花びらを絨毯の上に撒《ま》き散《ち》らす。

派手だわ。

クラックの城を出た時は地味だったから、城の中に入る前からこんなに歓待されるなんて思わなかった。

ルーク様が目の前を通り過ぎたので、頭を上げる。

目の前には、横に広がる王城。いいえ、これは宮殿と呼ぶべきね。

正面中央の部分は高いけれど、あえて高層にはせず左右に広がる建物は、曲線で形づくられた屋根と各窓の周囲を飾る唐草模様が特徴的だ。

皆の着ている服といい、やっぱり中東やインドに来たみたい。

ルーク様に続いて騎士が進み、その後ろを役人達が歩き、私と医師が続く。侍従達は更にその後ろだ。

花びらを踏み締めて進んだ先には、白いローブを着た長い髪の男性が一人、立っていた。

他の人達はルーク様が近づくと頭を下げたが、その人物だけは、顔を上げて真っすぐにルーク様を見つめている。

明るい茶の髪に被った布は、確か中東ではクーフィーアと呼ばれているものだったかしら。それにガガールと呼ばれるリングを嵌《は》めている。

ここでは何と呼ぶのかわからないけれど、ローブと頭の布がこちらの正装だろう。

その正装で一人立つ若い男性が、この国の王子、ユフラス様に違いない。

近づくと、使者達が自慢するのがよくわかった。

胸元まである柔らかそうな明るい髪、笑顔を浮かべた顔は穏やかそうだが、緑の瞳はどこか抜け目ない印象がある。

しなやかな強靭《きょうじん》さと言えばいいのか。

そりゃ王族は美人の奥さんをもらうことができるのだから、自然と美形になっていくのかもしれないけれど、ルーク様とユフラス王子が並ぶと、東西美形合戦みたいだわ。

目の保養、目の保養。

「ようこそ、いらっしゃいました」

ユフラス様の声が響く。

さて、これはどちらの国の言葉かしら？

「クラックの言葉がお上手ですね」

ルーク様がそう返事をしてくれたので、クラックの言葉だとわかった。

「あなたも、アリーの言葉がお上手だ」

「まだ勉強中ですよ」

「私もです」

一同の視線を受けながら、二人は握手を交わした。

「長旅、お疲れでしょう。すぐにお部屋へ案内いたします」

「ありがたいお言葉ですが、その前にマグルス陛下にご挨拶を」

そうか。王子様自ら玄関先までお出迎えではなく、王子はあくまで国王の代理なのだわ。

「長旅の疲れを落とされてからの方がよいでしょう。夕食に簡単な宴席を設けておりますので、挨拶はその時にゆっくり」

あ、これは『疲れ』を『汚れ』に置き換えるセリフだわ。そんな埃《ほこり》まみれの姿で国王に会う気か、と言ってるんだわ。

実際は馬車に乗っていたんだから、埃も汚れもないんだけど。

ルーク様もその隠れた意味に気づいたのだろう。

「そうですね。そうさせていただきましょう」

とあっさり引き下がった顔に、笑みが張り付いている。

「スウェン。皆様をご案内しろ」

名前を呼ばれて一人の若い男が前に出た。

「この男が、皆様の世話をします。何か不都合があった場合にはこの者に言い付けてください」

「そうさせていただこう」

見交わす二人の視線がバチバチしてる気がする。外交の戦いが始まったのだわ。

ユフラス様は建物の中に入るまでルーク様と並んで歩いていたが、中に入ると丁寧な挨拶を交わして離れていった。

今度はスウェンが合図を送り、控えていた別の者を呼び、何かを命じた。

一人に付き一人の召し使いが付き、侍従達にも何人かが駆け寄った。

「アンジェリカ様、殿下達の会話は何だったのですか？」

小声でフリッツが訊いた。

「最初の挨拶はわかったのですが、後の方は？」

「旅の疲れを落としてから、夕食の宴の時に国王様とご挨拶を、と」

「そうですか」

フリッツは安堵の表情を浮かべた。

同行者は、一応選ばれてからアリーの言葉を学習していたらしいけれど、一朝一夕《いっちょういっせき》でペラペラになれるわけがない。

だから私という通訳が必要なのだろうし。

護衛の騎士としては、相手の言葉がわからないことは不安なのだろう。

「何か疑わしい会話と思ったら、すぐにお知らせいたしますわ」

と私が囁くと、彼は笑顔を見せた。

「助かります」

出迎えられたのは、宮殿の正面玄関だった。

そこから長い廊下を歩き、屋根付の渡り廊下で別の建物に入る。

入ってすぐの場所は円形のホールで、椅子が置かれ、豪華なウェイティングルームか談話室のようだ。

スウェンはそこで足を止め、お座りくださいと促した。

点在する椅子に、皆がそれぞれ腰を下ろしたが、騎士と侍従は立ったままだ。

「こちらの建物は、全てクラックの皆様のためのものです。ご自由にお使いください。使用人はお部屋に一人ずつ付けております。お荷物は私共がお部屋へ運ばせていただきますが、よろしいでしょうか？」

侍従の一人が手を上げ、「我々も立ち会わせていただきたい」と言った。

スウェンはクラックの言葉を話してるのね。

「もちろんです。では、ボーロ、皆さんをご案内して」

付き従っていた召し使いの一人と共に、侍従達が出て行く。

「それでは皆様を順にお部屋へご案内いたします。ルーク殿下、どうぞ」

ルーク様を案内するのは、スウェンだった。

残りの者達は別の召し使いが順次連れてゆく。

私には、女性が付いた。結構な美人で、綺麗な布を巻き付けた衣装は身体のラインがわかる。

彼女と廊下を進んで行くと、別の美女が向こうからやってきた。

「断られたわ。必要ないですって」

……侍女同士の会話とはいえ、随分フランクな話し方。ということは、私にわからないと思ってアリーの言葉で話しているのね。

「じゃ、やっぱりこの女性がそうなの？　信じられない。あんなに素敵な王子様なのに」

二人揃ってこちらを見て、にこっと笑った。

「ブスとは言わないけど地味ねぇ」

これは私のことね。

奥から来た侍女は会釈をし、入り口へ向かった。

私の方は、更に奥へ。

入口のほぼ真裏に当たる白い扉の前で立ち止まり、扉をノックすると、動作で私に中へどうぞと示した。

入れってことね。

「案内をありがとう」

と言うと、彼女は驚いた顔をし、一瞬狼狽《うろた》えたが、もう一度頭を下げるとそそくさと下がっていった。

さっきの会話が聞かれたことに気づいたんでしょうが、中まで案内するものではないのかしら？

肩をすくめて扉を開けると、中は美しかった。

白い、春風のような広い部屋。

春風、というのは透ける布が幾つも天井から下がり、パーティションの役割をしていて、それが正面の窓から入る風で揺れるからだ。

仕切られた場所にはそれぞれ低いソファとテーブルが置かれ、更に奥へ進むと庭を臨む居間が広がる。そこにも、座り心地の良さそうな大きな低いソファとテーブルが置かれていた。

ソファが低いのは、こちらの習慣なのね。

正面の大きな窓は壁一面だが、今は一部だけが開けられていた。

風はそこから入ってきているのだ。

部屋の中にはかすかにお香も焚かれていて、いい匂いがする。

侍女にまでこんないい部屋を用意するなんて、どれだけ国の豊かさを誇示したいのかしら。

「やはり来たか」

……と思ったが、その判断は間違いだったようだ。

声のした方を見ると、奥の部屋から出てきたルーク様の姿があった。

この状況は、前の宿の時と一緒だわ。

つまり、ここは侍女である私の部屋ではなく、ルーク様とその連れの女のための部屋。だからこんなにも豪華で美しいのだわ。

「察しがいい顔をしている」

彼は笑いながら近づいてきた。

「……今回ばかりは、部屋を替えてくださいと申し上げるべきですわ」

「いや、このままでいい」

「ルーク様？」

「案内をしてきた女が、当然のように身をすりよせてきた。あれは侍女ではなくそういう接待役だったのだろう」

彼の言葉に、さっきの侍女達の会話を思い出した。

『断られたわ。必要ないですって』

『じゃ、やっぱりこの女性がそうなの？　信じられない。あんなに素敵な王子様なのに』

『ブスとは言わないけど地味ねぇ』

あれは、あの女性がルーク様に迫ったけど断られて、私がお相手だと判断されたという会話だったのか。

香を焚いてるのに窓が開いているのも、もしかしたら彼が匂いを抜くために開けたのかも。

「女をあてがって私を籠絡《ろうらく》しようとしているのか、これがこちらの接待の仕方なのか、甚《はなは》だ迷惑だ」

「だから私を利用するのですか？」

「虫除けになってくれるつもりがあるのか？」

「……命令なら断れませんが」

いかにも嫌だという顔で答える。

言葉では反抗できないから、せめて表情で訴えよう。

「顔も返事も正直だな。アンジェリカ、予定を変更するぞ」

変更？　まさか本当に私を愛妾《あいしょう》にしたてあげる気じゃ……。

「そういう顔をするな。普通なら期待に頬を染めるところだろう」

「以前も申しましたが、私は……」

「私の愛人にはなりたくない、だろう？　私もそれを望んでいるわけではない。だが君が私の側にいれば彼等は誤解してくれるはずだ」

「でも……」

「君は侍女ではなく、通訳だという打ち出しをする」

私の反論を無視して、彼は話し続けながら歩きだした。

こっちへ、と手招きされるので、付いて行く。

「君が私の側にいるのは、通訳だから、だ。通訳は常に帯同するのが当然だからな。君の心配に関しては、ありがたいことにこの部屋には寝室が二つあるから大丈夫だろう」

「寝室が二つ？　また侍女用の部屋があるのですか？」

「侍女用には見えないな。恐らく、愛妾であろうと、主に呼ばれなければ寝室には入れないということだろう。主が他の女を呼ぶこともあるのだろうな」

先に部屋に入って中をチェックしていた彼は、扉を開いて説明してくれた。

「ここが主寝室。奥の扉は護衛の控室らしい小部屋だった」

居間に戻って反対側の扉を開けると、今度は少し可愛らしい花をモチーフにした寝室。

「ここが同伴の女性の寝室だろう。距離的にはちゃんと離れているし、一度は同じ間取りの部屋に泊まったことがあるのだから、問題はないだろう？」

問題がある、と言ったら彼を疑うことになってしまうのかしら。

それって不敬罪よね。

「君がこの部屋にいれば、少なくともベッドに女性が潜り込んでくることは避けられるだろう」

部屋に案内する時、彼はスウェンに案内されていった。なのに女性が奥から出てきたということは、あの女性はここで待っていたのだわ。

それを思うと、ルーク様が警戒したくなる気持ちはわかる。

到着したばかりでそれなら、これから先どんな『接待』がなされてしまうか。

「わかりました。我が国の人達に説明していただけるなら、引き受けましょう」

そこだけは譲らないわ。

戻ってから何を言われるかは大問題だもの。

「いいだろう。すぐに皆を集めよう。だが言い出すのは君からにしてくれ。私が女性を恐れていると思われたくない。それから……」

彼は私に近づき眼鏡を外した。

「あ」

「これももうナシだ。あのような女性がお好みなのですか、と怪訝《けげん》そうな顔をされるのは業腹だ」

すれ違った時の二人の会話を聞いているから、納得する。

「同行の他の方々には何とおっしゃるんですか？」

「我が国の女性の威信にかけて、装うように私が命じた、と言おう。眼鏡を外したら美人でびっくりした、とも」

「いいえ、知っていたけど興味がなかった、の方がいいですわ。美人になったら見初めるんじゃないか、と期待されても困りますでしょう？　最初から興味がなかった、の方がよろしいのでは？」

「美人は否定しないのか」

「すべきですか？」

「いや、前に見た時はなかなかのものだと思った。そばかすがあるのは知らなかったが」

前に眼鏡を取られた時は、テーブル越しに少しの間だけだったものね。

「これは描いたのです。より地味に見えるように」

「そうなのか？　とにかく、今夜の宴で『美しい』と言われるように仕上げてくれ」

「ドレスも派手でよろしいのですか？」

「ああ。ドレスも髪もアクセサリーも、我が国の貴族の令嬢はこの程度の美しさはある、と誇示してくれ」

「かしこまりました。では、持てる力を駆使して、善処いたします」

その時、ノックの音がした。

「入れ」

と許可を与えると、侍従達が荷物を持って入ってきた。

「お嬢様のお荷物はどちらのお部屋へ運びましょうか？」

私達が二人でいることに、一瞬躊躇しながら訊かれる。

ここは私が言うべきかしら？

「アンジェリカの荷物はあちらの部屋へ。私のものはそっちだ。それから、皆にすぐにここへ集まるように伝えろ」

私が言う前に、ルーク様が指示を出す。

荷物を運ぶ部屋は別々だと言葉にし、更に皆を集めろと言ったことで、侍従達の邪推も消えただろう。

「支度に侍女が必要なら呼んでやるが？」

「いいえ。私一人でできますわ。侍女ですもの」

「では、期待しよう」

女を武器に商談をするのは嫌だけれど、美醜で判断されるのも嫌。

上司であるルーク様の命令が下ったのだから、ここは全力で着飾りましょう。

できる範囲で構わないと言わんばかりの彼の期待を大きく裏切るくらいに。

まずメイドを呼んで、ラスタの花を持ってきてもらった。

ラスタ、というのはアリーの国花で、オランダキキョウに似た花だ。

花瓶いっぱいに届けられた白いその花を見ながら、これが活きる装いにしよう、と決めた。

眼鏡を外し、そばかすを消し、ぴっちりと結い上げていた髪を解くと、ウエーブのかかった金色の髪が広がる。

結いあげるのは難しいから、これは下ろしたままにしよう。見かけたこの国の女性も、結っている人は少なかったし。

支度を実家でやってもらったから、運ばれた荷物の中身は侯爵令嬢らしいものが詰まっていた。

宴の席で、私は通訳と紹介されるはずだから、ドレスの色は落ち着いた青のものを選んだ。

袖口《そで》と襟《えり》元に白のレースがたっぷり付いているから、地味には見えない。

ネックレスもドレスに合わせたブルーサファイア。

これはルーク様の瞳の色にも似ているから、国の代表として付けるのに相応しいはずだ。

ブルーのリボンに定間隔で穴を開け、そこにラスタの花を通す。

花飾りのついたそのリボンをカチューシャのように頭に付け、鏡を見た。

うん。

適度に派手でいいわ。

そして化粧。

この世界に来てからあまり化粧はしなかったのだけれど、元々はＯＬ。化粧は得意ではなくても基本スキルだもの。

『アンジェリカ』は顔立ちがいいから、ちょっとの化粧でよく映える。

白粉で肌の色を整え、薄くチークを入れる。アイシャドーも薄くして、目尻にアイライン。最後にピンクの口紅。

全体的に、色は明るく薄くした。

全てを終えてから部屋を出ると、広い居間には皆が集まっていた。

一番先に私に気づいたのは、こちらを向いて立っていた、騎士のフリッツだった。

人の気配に顔を上げ、こちらを見ると驚いたように目を見張り、座っていたルーク様に合図を送った。

それに気づいて、全員がこちらを見る。

……失敗したかしら？　自分では綺麗にできたと思うのだけれど。

「どなたかな？　ノックの音はなかったと思うが？」

役人の一人に声を掛けられ、彼等が私だと気づいてないのがわかった。

「彼女がアンジェリカだ」

ルーク様の言葉に一同が声を上げる。

「眼鏡をとればそれなりだと思っていたが、こんなに綺麗だとは知らなかったな」

ルーク様自ら席を立ち、私を迎えに来てくれる。

手を取り、自分が座っていた席の隣に座らせた。

皆の視線がこちらに集中するので、何とも居心地が悪い。

「……どこかおかしいところがありますでしょうか？」

心配になって訊くと、マインド医師が否定してくれた。

「おかしいどころか、あなたの美しさに皆が驚いているところです。今まで何故その美しさを隠していらしたのですか？」

よかった。取り敢えず綺麗にはできてるみたいだわ。

「通訳として殿下と同じ馬車に乗りますので、誤解のないように侍女に徹しておりました。ですが、こちらに到着して、私の容姿をして我が国の女性を愚弄するような言葉が聞こえましたので、これではいけないと思いまして。それに、殿下がこのお部屋へ案内された後、一人の侍女とすれ違ったのです」

私は皆の顔を眺めながら、少しためらったふりをしてから言った。

「その……、殿下に用向きはない、と返されたことを不満にしている様子でした。それで、殿下をお一人にしていては、いらぬ接待を受けるのではないかと。とはいえ、侍女としての私での姿では抑止にならないので、この姿に。更に、殿下に通訳としてお側《そば》に置いていただくようお願いしたのです」

ん、完璧。

「殿下、女性が部屋にいたのですか？」

「ああ。確かに部屋にいた女性を追い返した。目的はそういうことだろう。なので、アンジェリカの申し出はありがたかった」

本人が言い出したくせに、しゃあしゃあと。

「アンジェリカは、通訳として私に付いてもらう。彼女が部屋を同じくすることは、通訳としてだ。だが虫除けのために敢えて親密な態度を取るが、その辺は誤解のないように」

役人達はこそこそと言葉を交わした。

内容はわからなかったが、話し合いを終えた顔は納得した、という顔だ。

「かしこまりました。アンジェリカ様は通訳としても有能な方ですから、アリーの者も納得するでしょう。アーリエンス侯爵家の令嬢ですから、公式の席に同伴するのにも、遜色はないと思います」

生温かい目で見られてる気がするけど、一同の態度は悪くはなかった。

むしろ、急に親しく話しかけられ、外見って大事なんだわと再認識させられた。

男性が外見に弱い。

というか、人は外見で判断する、というのを痛感したのは、続く宴の席でのことだった。

「こんなに美しい女性が一行にいたとは、気づきませんでした。馬車の中に隠していたのですか？」

私がルーク様と並んで、案内された広間へ入ると、ユフラス王子が満面の笑顔で近づいてきた。

キラキラのイケメンは、頭のリングに飾りを付けて更にキラキラしていた。

キラキラし過ぎてこの人も鑑賞用ね。

「私と挨拶していたので気づかなかったのでしょう。後ろに控えていましたよ」

「でも、眼鏡をかけた女性が一人しか……。まさか、あの眼鏡の女性ですか？」

ユフラス様は私をまじまじと見た。

「はい。然様でございます」

「おや、あなたはアリーの言葉が話せるのですか？」

「私は通訳でございますので」

「通訳？」

「はい。どのような言葉も、私が殿下にお伝えいたします」

「本当に、彼女が通訳なのですか？」

「そうです。とても優秀ですよ」

ルーク様とユフラス様が会話していると、二人共相手国の言葉が話せるから、どちらの言葉で会話をしているのかわからないわね。

そんな時には護衛で付いているフリッツの顔を見ることにした。

彼はあまりアリーの言葉がわからないので、アリー語で会話されるとちょっとムッとするのだ。

でも今は平静だから、これはクラックの言葉での会話ね。

「本当に美しい。その花は我が国の国花ですね？　心遣いもあるようだ」

「とても素敵なお花でしたから」

「ルーク殿、よければ彼女を席まで案内する栄誉を譲っていただけませんか？」

「構いませんが、通訳なので席は私の隣に願います」

「では、私とあなたの間に花を据えましょう」

「その前に、陛下にご挨拶を」

「ああ、そうでした。ではどうぞこちらへ」

広間は、さほど大きいというほどのものではなかった。

公式の席というよりも、まずは王族同士の顔合わせの席というところなのだろう。

天井には眩《まばゆ》いばかりのシャンデリア。長く大きなテーブルには既にアリー側の人間が着席している。

ユフラス様は私の手を取ったまま、上座の国王夫妻の下へ向かった。

色白のユフラス王子と違って、日に焼けた肌と立派な髭。顔立ちの彫りは深く、眼光が鋭い。

王の風格が漂う男性の隣には、ユフラス様の母親にしては若い、色っぽい女性が座っていた。アリーでは第三夫人まで持つことができるので、ユフラス様の母親とは別の女性なのだろう。

「父上、クラックのルーク殿です」

皺《しわ》のある顔が、パッと破顔する。

「これは、これは、よくいらしてくださった。心より歓迎します」

歓待を口にしながら、座っている席からは立たない。

自分の方が立場が上だということか。

「突然の来訪に応えていただき、マグルス王へ心よりの感謝を」

ルーク様はそんなことは気にせず、礼をとった。

「そちらのお嬢さんは？　奥方かな？」

「いいえ。私の通訳です」

「通訳？」

「彼女は天啓を持ち、どのような国の言語も操ることができるのです」

「ほう……。いや、それにしても美しい」

褒められたので、私は深く頭を垂れた。

「ありがとうございます」

「うむ、完璧な発音だ。そして美しい声だ」

「ありがとうございます」

重ねて礼を言い、にっこりと微笑んだ。ここでは愛嬌《あいきょう》を振り撒かなくては。

マグルス王は、取引先の社長、いえ、会長だもの。

「では、席へ」

正面には国王夫妻。

陛下の隣にルーク様が座り、その隣に私、更にその隣にユフラス様。

本当は、ルーク様の向かい側がユフラス様の席だったのだろう。侍従が慌ただしくセッティングを変えていた。

他の人の席順は、我が国の人間とアリーの人間が、交互に座っていて、背後には給仕ではなさそうな人が立っている。

ここでは、騎士達も着座を命じられていたので、侍従以外は全員そろっていた。

「後ろに立っている方々はどなたですの？」

私はユフラス様に訊いた。

「こちらの用意した通訳です。とはいえ、クラック語に堪能というわけではありませんが。彼等はクラックの商人を相手に商売をしている商人です。そちらの通訳はあなただけですか？　商人を連れてくればよかったのに」

「考えが及びませんでしたわ」

「あなた一人でこと足りる、ということかな？　ああ、あなたのお名前を伺っても？」

「アンジェリカです」

「アンジェリカ、よい響きです」

……軟派だなぁ。

若い娘さんだったら、きっとこの笑顔にポーッとなってしまっただろう。

けれどこっちは今の年齢にプラス三十ン歳。しかもルーク様で美形には目が慣れているから、眩しいと思いながらも浮かれたりはしない。

「我が国では、客人を歓待する料理にギルスを出します。今日のは飛び切り大きなものです。どうぞご堪能ください」

ギルス……。

その言葉の意味が、ルーク様にもわかったようだ。

「クラックでは食する習慣がない食べ物です」

ルーク様の言葉に、ユフラス様がにやりと笑った。

今までの人懐こい笑みとは違う、今のは明らかに『にやり』だったわ。つまり、これから起きることはワザとってことね。

ユフラス様の合図で、大きな皿が運ばれ、そこには巨大なギルスの姿焼きが鎮座していた。

……コモドドラゴンぐらいありそうなトカゲだ。

「う……っ」

「ん……」

クラックの人間から、思わず声が漏れる。ちらりと見ると、流石のルーク様の口元も、少し引きつっているように見えた。

商人が同席しているなら、クラックの人間がトカゲなんか食べないってわかっているだろうに。

「アリーの建国の英雄、グルジールが火のトカゲを倒してその肉で神を歓待した故事から、アリーでは客人への一皿めにトカゲの料理を出すそうですね。普通はもっと小さなものでしょうに、アリーで一番大きいトカゲのギルスを出してくださるなんて、本当に歓迎してくださってるんですのね」

食習慣を知らなければトカゲなんか出された、と怒るだろうから、その謂《いわ》れを明確に説明した。私の言葉はクラックの人間にもわかるから。

そしてアリーの人間にも。

「ほう、よくご存じだ」

マグルス王が感心した声で言った。

「私とルーク様は、グルジール戦記が大好きですの。全巻読みましたわ」

「ほう、そうか」

自国の英雄を『好き』と言われ、王の顔が緩んだ。

「ルーク様」

私は隣にいるルーク様を見た。

さっき一瞬見せた引きつりは、もうその顔にはない。流石だわ。

「僭越ではございますが、ギルスの最初の一口を私がいただいてもよろしいでしょうか？」

「アンジェリカが？」

「はい。私、グルジール戦記を読んでから、ずっと憧れておりましたの。我が国にはトカゲを食べる習慣がありませんので、一度口にしてみたいと思っていたのです。それがこんな形で叶うなんて」

ルーク様の目が、大丈夫かと問うていた。

もちろん、大丈夫に決まっている。トカゲを食べるのは、初めてではないのだ。もちろん前世で。

商社ウーマンとして品物の買い付けに飛び回っていた時、色んな地方で、色んな国で、色んなものを食べてきた。

サンショウウオの丸焼きとか、鮒《ふな》やバッタの甘露煮なんていうのは当たり前、ヤギの心臓だのワニやカピバラの丸焼きだの。

地元のものを一緒に食べる、それが商談の最初の一歩。間違えても『こんなものは食べられない』なんて言ってはいけない。彼等の歓迎を無下にすることになるから。

ただ、今回はユフラス様の意地悪だろうけれど。

「お願いいたします」

私はもう一度ルーク様に頼み込んだ。

「……いいだろう。特別に許可しよう」

「ああ、嬉しい。ユフラス様、取りわけていただけますか？」

下調べは万全。トカゲが出てくることも想定内。こんなに大きいとは思わなかったけど。でも大きければ却ってトカゲっぽくなくていいわ。

料理を切り分けるのはホストの男性というのもわかっていたので、ユフラス様に頼んだ。

切り分けるために姿焼きにナイフを入れれば、他の人達も何とか一口ぐらいは食べられるだろう。

女の私が食べられたのに、男の自分達が後込《しりご》みはできない、と思うはずだし。

「あなたはとても面白い」

ユフラス様が刀のように大きなナイフで、ギルスを切り分ける。

「クラックの女性はトカゲが苦手だと思っていましたよ」

「あら、そう思ってらしたのにお出しになったのですか?」

ユフラス様はちょっと肩を竦《すく》めた。

「頭、載せましょうか?」

「どちらでも」

意地悪で言ったんでしょうが、そんなの気にしないわ。

「目の裏が美味しいそうですから、それはどうぞユフラス様がお食べください」

「……どうぞ」

切り分けた肉が、私の目の前に置かれる。

フォークを取って、私はルーク様に会釈してから肉を口に運んだ。

「ん、しっかりとした牛肉のようですわ。とてもスパイスが効いていて美味しい」

「お口にあってよかった。ルーク殿もどうぞ」

今度はルーク様の前に皿が置かれる。

ルーク様は微笑んでフォークを取り、一切れ口に入れた。

「確かに、スパイスが効いていて美味しいですね」

頑張ってるわ。

きっと本心では、げんなりしてるでしょうに。

「それでは、他の料理もどうぞ」

ユフラス様が合図を送ると次々と豪華な料理が運ばれてきた。今度は、クラックの人達にも食べられそうな、見覚えのある料理が。

「グルジール戦記は、どこがよかったかな？」

マグルス王がルーク様に話しかける。ルーク様にはちゃんと最後まで読んであげたから、会話に不安はない。

ルーク様はスラスラと言葉を操り、内容についての深い質問にも難なく答えていた。

「あなたが美しく装うのは、ルーク殿のためだけなのでしょうか？」

その姿を見ていた私に、反対側からユフラス様が話しかけてきた。

「私が装うのは国のためですわ。こちらに来てから、外見で判断する言葉を聞きましたので、これはいけないと思いましたの。仕事に徹するためには地味な方がよいのですが」

「そのようなことを言った者がいるのですか？　誰です？」

強くなる語気。これはその人物を罰しようという含みだ。

「風が運んだ言葉ですから、特定はできません」

「自分を悪く言った者を許すのですか？」

「悪く言われたわけではありません。その方達にしてみれば、単に評価をしただけでしょう」

「優しい方だ」

ユフラス様は微笑んで、テーブルの上にあった私の手を握った。

温かくて大きな手の感触に、思わずそれを払いのける。

顔に免疫はあっても、接触には免疫がないのよ。

「失礼。クラックの女性は殿方との接触に慣れていないもので」

「初心なのですね」

王子の手を払いのけるという無礼を、彼は笑って許してくれた。が、その目がちょっと肉食獣っぽい。

「明日は、皆さんを植物園にご案内しますよ。タニシダのことでお話があるとのことでしたので。夜には両国の親交を祝ってパーティを開きます。我が国の美姫《びき》も集いますので、今日よりもっと美しく装ってくださることを期待しています」

無礼を許してはいなかったのか、彼はそう言って笑った。

企むような顔で。

部屋に戻ると、メイド達が待っていて、私達の世話をしようとしたが、早々にお引き取り願った。

「政治向きの話をするので退室してくれ」

とルーク様が言ったけれど、メイド達は私を見て『女性と政治向きの話？』という顔をしていた。

お茶とお酒の用意がしてあったので、ルーク様は置かれていたワインを口にした。

「お前も飲むか？」

「私はお茶にいたします」

男性と二人きりの時にアルコールを入れるのはマズイだろう。

座った席も同じソファにはせず、離れた場所に座ったが、隣に来るように目で促された。

「私に大声で話せと？」

と言われれば近くに行くしかない。

この旅で、ルーク様の素が見えて、遠いアイドルから生身の人間になりかけてるのよね。

さっきのトカゲの丸焼きを見た時の顔とか。

あれはちょっと可愛かったわ。

「ユフラスに何か言われていたな」

それでも触れ合わない程度の距離で交わす会話。

「明日、植物園を案内してくださると」

「手を握られていたようだが？」

「見てたんですか？」

「振り払ったところを、な。嫌がらせを受けているなら注意するが？」

「それほどのことでは。ただ、男性に触れられることには慣れていないので困ってしまっただけです」

「君が気にしないのなら、よしとしよう」

見ていないと思ったけれど、結構見ていてくれたのね。

「君に一つ礼を言わなくてはな」

「礼？」

「トカゲの肉を喜んで食べてくれたこと、だ。もし君が言い出してくれなかったら、私が食べなければならなかった」

わざわざ言うなんて、余程アレがダメだったのね。

「お召し上がりになったじゃありませんか」

「君が感想を言ってくれたから、安心して口に入れることができたのだ。それに、切り分けてくれとも言っただろう？　あれでユフラスは君に見せるように切ることになって、私からはあまり見えなかった」

「トカゲ、苦手ですか？」

「見るのと食べるのは別だ」

拗《す》ねたような口調に笑みが零《こぼ》れる。王城で見ていた完璧な王子様じゃなくて、感情のある普通の男の人だと思わせて。

でもそれは危険な感情よ。

普通の人として意識すると、別の感情が生まれてしまうもの。こんなに優しくて立派で、可愛いところもあるイケメンなんて、恋をしないわけがない。

私は心のシャッターを下ろして、彼に対する意識を『鑑賞用』に切り替えた。

それでもこのまま静かな部屋で二人っきりっていうのはマズイわ。いい雰囲気になっちゃうもの。

「それでは、私はこれで失礼いたします。明日は早くから忙しくなるでしょうから」

私はカップのお茶に殆ど口を付けていなかったのに、立ち上がった。

「そうか。疲れただろう。ゆっくり休みなさい。私も休ませてもらう」

「はい。では失礼いたします」

本当はもっと話していたかったけど、そそくさと部屋へ戻った。

明日はもっと忙しくなるといいわ。

仕事をしてれば変な夢を見てる暇もないから。

王子様二人に囲まれて、美しいと言われるより、私には仕事をしている方がお似合い。

「ルーク様が私に優しいのは通訳だからと虫除けのため。ユフラス王子は軟派で、毛色の変わった娘に興味を持っただけ。決して好かれてるわけじゃないって、自覚しなくちゃ」

髪に飾っていた花を取って、水盆に浮かべてから着替えて、ベッドに入った。

夢の中でなら、ロマンスしてもいいわよ、と自分に言い聞かせて。


エジプトにデーツの買い付けに行った。

石壁の隙間にはサソリがいるし、ラクダにはノミがいるし、散々だった。

でも、日本の食品会社がデーツを大量に買い付けたいというので、良質なものを探してあちこちの農園を歩き回った。

社内にもセクハラパワハラがあったし、女だから、日本人だからと、随分苦労もさせられた。

やっと見つけた、衛生管理も日本並にしてくれるという農園を見つけて契約が成立した時は、とても嬉しかった。

……と、いう夢を見て目覚めた翌日。

これは仕事に集中しろってことかも、と気持ちを引き締めて身支度を整えた。

今日は短ブーツに乗馬用の丈の短いコンビネーションドレス。飾りのすくない服だけれど、色は明るいオレンジだから地味ではないだろう。

髪は、白のリボンを編み込んで、片側に寄せた。

これだと肩が凝るんだけど、後ろで束ねるだけだと可愛くないので。

朝食は昨日の食堂で。昨日と同じ席順で座る。

もうトカゲは出てこず、クラックの料理に似せたものが並んだ。

同行者達は一様にほっとした顔をしていた。

「こちらでの朝食ではクラップというパンが主流だと聞いていましたが？」

ルーク様は、ここへ来る前にレクチャーした、『私はアリーのことをよく知ってます』アピールで、マグルス王と会話していた。

朝食が終わると、アリーの用意した馬車で、植物園へ。

案内してくれたのはユフラス王子だった。

「すごいな、これは植物園ではなく畑のようだ」

ルーク様が漏らした言葉に、私も同意した。

なだらかな丘陵は、ブロックごとに植えられた植物の固まりがあり、まるで丘に色紙を貼りつけたよう。

それがどこまでも続くのだ。

「失礼ながら、アリーは砂漠の国だと思っていましたよ」

ルーク様が話しかけると、ユフラス様は頷いた。

「皆さんそう言います。他の国には砂漠がないそうなので、その印象が強くなるのでしょう。だが砂漠は南の方だけです」

「いつか行ってみたいです」

「苛酷ですよ」

うん、なごやかだわ。

どちらの国の言葉で喋ってるのかわからないけど、二人とも相手の国の言葉もわかるので、問題はないようだ。

時々、ルーク様が私を見ながら単語を繰り返すので、それがわからない単語なのだと察して、私がそれを繰り返した。

「『水耕栽培』ですか?」

「まあ、水耕栽培って、水だけで植物を育てることですよね?」

というように。

広い丘陵地帯を抜けると、今度は庭園風。

様々な植物が意匠を凝らして配され、ベンチや四阿《あずまや》も見える。

「どうぞ、皆さんお好きなように楽しんでください」

そこで一同はそれぞれに珍しい植物を楽しんだ。

私もここで初めてタニシダの現物を見た。

丈の低いシダらしくて葉が大きく広がったものだった。

ルーク様はずっとユフラス様と話をしていた。

「今回の話し合いは、アリーにとっても利のあることになるでしょう」

「我が国だけの利益、ですか？」

「もちろん、我が国にも利益はあります。ですが、アリーの人々にとってよいことになるのは間違いないでしょう」

「クラックにとっての利益とは？」

「両国の親交です。はっきり言えば、交易、ですね」

「私達の間には他の国がある。なかなか難しいのでは？」

「陸路では。だが我々は同じ海に港を持っています」

「なるほど」

正式な交渉は明日だけれど、その前に相手に興味をもたせるのはいいことだわ。

営業の鉄則は、相手に利益を訴えて興味をもたせること、だもの。

ルーク様は上手くユフラス様の興味が引けたようなので、順調と言えるだろう。

そのまま植物園でランチを摂り、宮殿へ戻る。

私達の宿である離れに入ると、入り口のウェイティングルームには、お茶の支度と美女の迎えが待っていた。

何名かはそれに応えて残ったが、ルーク様と私は真っすぐに部屋へ戻った。

二人きりになるため、……ではない。

ルーク様は女性を避けたのだろうが、私は夜会の支度のためだ。

昨日の夕食の席での言葉、『我が国の美姫も集いますので、今日よりもっと美しく装ってくださることを期待しています』は。絶対ケンカを売られたのだと思う。

綺麗にしてるが、ウチにだって美人はいる。そう言いたいのだろう。

張り合うことはできなくても、見劣りしないようにしないと。

髪に強いウエーブを付けるために細かい三つ編みをたくさんして、クセづける。この姿を見られたくないから、早めに部屋にこもったのよね。

青は昨日着てしまったし、ドレスはピンクだと子供っぽいかしら？

アリーの女性は身体のラインが出る服だから、こっちも色気を出した方がいいかも。

でも、下品にはしたくないわ。

こういう時に、侍女がいてくれると参考意見が聞けるのに。私って、オシャレには自信がないのよね。

礼儀とかセオリーはわかるけれど、アピールするように着飾るってことは前世も現世もあまりしてこなかったから。

荷物を作ってくれた侯爵家の侍女達のセンスに頼るしかないわね。

衣装箱から取り出したドレスを部屋中に広げて、私はおおいに頭を悩ませて支度をした。

ノックの音がした時、私はようやく仕上がった自分を鏡に映しているところだった。

「はい。どなた？」

「私だ。パーティに出る前に、少し話をしておきたいから出てきなさい」

「はい」

ルーク様自ら迎えにきてくださるなんて、何か用があるのかしら？

慌てて部屋を出ると、ルーク様は白い礼服に着替えていた。袖口と襟の深紅がアクセントになっていて、まるで王子様のよう。

……って、王子様なんだけど。

目が合う。

「君は……」

ルーク様がじっと私を見つめる。

強い眼差《まなざ》しに引き込まれそうになって、私はまた心のスイッチを切り替えた。

ここにいるのは生身の人間じゃないわ、最前列で舞台俳優を見つめてると思うのよ。

「……君は時々遠い目で私を見るな」

スイッチの切り替えを見抜かれたようでドキリとする。

「まあいい。夜会でのことについて少し話をしよう」

「はい」

綺麗に造ったんだけど、今日は褒めてくれないのね。

「他の者達も呼んだから、すぐ来るだろ」

居間に行き、ソファに座る。

「アリーでは男女が手を取って踊るということはないと聞いていたが、先程連絡が来て、今日はクラックの音楽でダンスを踊るということだ」

「え？　そうなんですか？」

アリーの饗宴《きょうえん》は、酒を振る舞い、プロの踊り手達が踊るのを見るのが主流。

女性を接待に出すくせに、人前で抱き合って踊る習慣はないのだ。

てっきり今回もそうだと思っていたのに。

「アリーの連中は、こちらの習慣を熟知しているようだ。我々がトカゲを食べないことも知っていて出したのだろう。宮廷の人間はクラックの言葉を話さないが、商人達は通訳ができるほどだった。こちらは私と君ぐらいしか不都合なく会話ができる者はいないのに」

「我が国でも、商人達には話せる者が多くいるかもしれませんわ」

「だがいまここにはいない」

ルーク様は、難しい顔で考えこんでしまった。

「連れてきた騎士や役人達にも、もっとアリーのことを学ばせるべきだった」

ルーク様は仕事に対してとても真摯だわ。遊びにきたわけではない、と理解している。王子様なんて、もっとチャラチャラしているものだと思っていた。下の王子二人はもっと子供っぽかったし。

でも彼は違う。

こういう、仕事に真面目な人って胸キュンしちゃうわ。

「考えようによっては、悪いことではないと思いますわ」

慰めたりアドバイスしたりしたくなってしまう。

「悪くない？」

「相手を油断させることができます。どうせ役人達は商談にはかかわらないのでしょう？　甘く見られる方がよいのでは？　何もわからぬまま来たのだから、大した企みはしていないだろうと。あまり下調べが過ぎると、警戒されてしまいますわ」

「なるほど」

「申し訳ないですが、ここは役人の皆様には王子様に付いてきただけの無能な役人を演じていただきましょう。聡明なのは殿下だけ、と思わせれば交渉も殿下お一人と行うようになるでしょうし」

「アンジェリカにはいつも驚かされる。そういうものの考え方があるのか、と。思えば君には最初から驚かされてばかりだな」

「何に驚いたのです？」

「弟達から逃げ回ってたり、古代アリー語の本を読んだり、侍女だと思ったら侯爵令嬢だったり」

ルーク様は指折り数えて続けた。

「黒縁眼鏡の時は私より年上かと思っていたが、外したら美人だった。なのにそれを隠そうとしていた。貴族の娘なのに働きたいと言い、見知らぬ国へ行くことを楽しんでいた。商売のことに関して明るく、奇抜な考えを持っている。ああ、それとトカゲを嬉しそうに食べた、もだな」

列挙されたことが、あまり良い印象ではなかったので、恥じ入ってしまう。

「……呆れてらっしゃる？」

ふっ、とその顔に笑みが浮かぶ。

反則なくらい、素敵な笑顔。

「いや、面白くていい。他にはいない女性だ」

愛想振り撒き過ぎよ。そんな顔で見つめられたら、普通の女の子だったらポーッとなっちゃうわ。

ま、私はちゃんとわかってるから、その笑顔をポートレートとして心の中にしまっておくけど。

「失礼いたします。皆様をご案内いたしました」

侍従の声に、皆が入ってくる。

私はすぐ席を移して離れたソファに座った。同国人なのだから通訳の必要もないし、あんまり近くにいると邪推されるかもしれないので。

入室してきた人々に、ルーク様は先程私に言ったような話を始めた。

今夜の夜会がクラック風になったことと、アリーの人々がクラックについて下調べがついていることに対する警戒。

そして何もわからぬまま付いてきた無能役人の芝居をして欲しいということ。

無能は芝居。本当の彼等はとても優秀だ。親交のないアリーの言葉を操れないだけで。その証拠に、今日出掛けた植物園で、我が国に必要な薬草を見かけたとか、見たこともないものを見たとか、タニシダ以外に交易すべきものについて語っていた。

タニシダに的を絞っていたが、次には植物学者や商人を連れてこようとか、交易ルートは海だけでなく川を繋いでこの際だから他国とも交易を盛んにしようと意見を戦わせている。

私はそれを聞きながら、商談の話には関係のないマインド医師と離れて会話をしていた。

マインド医師は、実はお兄様の友人で、出発前に妹を頼むと言われていたことを初めて聞かされた。

年の離れたお兄様とは、最近お会いしていなかったけれど、そんな心配をしてくれていたのか。

そうこうしているうちに時間が来て、案内の者が迎えに来る。

「アンジェリカ」

呼ばれて、私は差し出されたルーク様の手を取った。

「あまりに美し過ぎるから、今日もとても美しいと言い忘れていたな」

今更、ね。

迎えのアリーの人間がいるから褒めてくれるのだわ。

「ありがとうございます」

にっこり微笑んで彼と共に歩きだす。

しずしずと、離れを出て長い通路を進む。

クラックでは、廊下には絨毯が敷き詰められていたが、ここでは大理石。それが壁にある明かりを反射して、光の道のよう。

馬車が通れるほど広い幅の廊下の先には、巨大な扉が待っていた。

左右に立った召し使いが、私達に深く頭を下げて扉を大きく開く。

広い……。

明るくて、広い。

天井からは幾つも眩いシャンデリアが下がり、床は廊下と同じく光を反射する大理石。

壁際には着飾った人々。アリーの民族衣装の人が殆どだが、西洋風の、つまりクラックの衣装を纏った人々もいる。あれは、アリーの人間なのかしら、それともクラックや他国の人なのかしら？

楽団もいるし、上座にある玉座とは反対側には食事を提供するらしいテーブル席も見える。それが全て一つの空間にあるのだからその広さたるや、だ。

「クラック国王子ルーク様、アーリエンス侯爵令嬢アンジェリカ様、ご来場」

声が響くと、大広間に控えていた全ての人々が、訓練されていたかのようにザッと頭を下げる。

真っすぐに立っているのは、私達一行と案内の者、そして王族達だけだ。

ルーク様は真っすぐマグルス王の前に行き、私の手を離してその場に右膝を立てて座り、胸に手を当てて礼をとった。

だが、頭は下げない。

私はその後ろでスカートを摘まんで深く頭を下げた。

「ようこそいらしてくださった。今宵《こよい》はあなたのための歓迎の夜会だ。どうぞ楽しんでくれ、ルーク王子」

マグルス王の言葉を受けて、ルーク様が応える。

「わざわざの饗宴に感謝いたします。今日より両国の親交がより深まりますように」

そして立ち上がる。

ルーク様が立ち上がったので、私も礼をやめて背筋を伸ばした。

すると、ユフラス王子が、可愛らしい女性を連れて私達の前へやってきた。

白い肌に栗色《くりいろ》の髪。どこかユフラス様に似ているけれど、着ているのはドレスだ。

「妹のシーリアです。どうぞ最初の一曲を」

ユフラス様は妹君の手をルーク様に差し出した。

これは断れないわね。

「喜んで」

相手はお姫様だし、公式の席だから、虫除けは必要ないだろう。

音楽が流れ、周囲に待機していた人々もフロアに踊り出る。

シーリア様の踊りはまだたどたどしかったが、ルーク様のリードが上手いので問題はない。それよりも、
他の人達の上手さに驚いた。

若い男女が多いところを見ると、普段歌舞を見せるプロが、このために練習したのだろう。それが証拠に、王の近くにいる者達はダンスには参加していない。

こちらはあなた達のことをよく知ってるんですよ、というデモンストレーションだ。

「アンジェリカ嬢、よければ私と一曲」

ユフラス様は私に声をかけ、手を取ると、返事をする前に私をフロアへ連れ出した。

「強引ですわ」

「私の立場上断られるわけにはいかないので、ご容赦ください」

「断ったりしませんのに」

ユフラス様は白い民族衣装のままだった。

胸元に銀糸で刺繍がしてあったり、頭のリングに宝石が嵌まっていたりと、夜会仕様だけど。

動きづらいのではないかと思うその衣装で、彼は正確なステップを踏んだ。

「お上手ですわ」

驚いて言うと、彼はにこっと笑った。

「基本のステップだけです。お国ではダンスが社交にとって重要だと聞いたのでね」

「ルーク様がいらっしゃると知らされてから覚えたのですか?」

「美しい女性が同行すると知ってからです」

……嘘ばっかり。口が上手いわ。

「あなたはとても美しい。だが美しいだけではない。とても勇気のある女性だ」

「勇気？」

「この国の女性もそうだが、クラックの女性はおとなしいと聞いていました。だがあなたは何物にも臆さず、萎縮することもなく微笑んでいる。希有《けう》の女性だ」

それは現代女性ならば当然のことだわ。

ここではまだ女性は男性の従属物だけれど、現代では女性は一個人として尊重されているのよ。

……とは、説明できない。

「まあ買いかぶりですわ。国にも私以上にご立派な女性は多くいらっしゃいますもの」

「だがその女性達と私はこんなふうに話をするのは難しいでしょう。天啓のあるあなたとは何でも話せそうだ」

それはまあ確かに。

「どうです？　ルーク殿に内緒で、今夜私と語らいませんか？」

……は？

「よろしければ、後で侍女に迎えに行かせます」

「お断りいたします」

冗談じゃないわ。

「ユフラス様の名誉のために、今のお話は聞かなかったことにいたします」

「ルーク殿にバレるのが怖い？」

「私をどう思われているか知りませんが、結婚前に殿方の夜の誘いを受けるような女だと思われているのは侮辱です」

当たり前のことを言っているのに、彼は意外だという顔をした。

「王子の誘いであっても？」

思わず顔がヒクつく。

王子であれば女は誰でも言うことをきく、という生活を送ってきたわけね。今までこの誘いで女性を食い散らかしてきたんだわ。

女性の敵よ。

「ご自分の魅力ではなく、立場をひけらかして女性を誘うのは殿方として情けないと思いません？」

厭味《いやみ》たっぷりで言うと、彼は一瞬顔を強《こわ》ばらせた。

怒るかしら？

怒ったとしても、今私が言われたことの方が非礼だと思うから、怖くはないわ。

そこで丁度曲が変わった。

「もう少しお話ししましょう」

ユフラス様は、強ばった顔のまま私の手を取りバルコニーへ向かった。

まさか人のいないところで乱暴を働くつもりじゃないわよね？　悲鳴を上げれば人が駆けつける場所だも

の、そこまでバカじゃないと思いたいわ。

ユフラス様は人のいないバルコニーへ出ると、私の手を離して向かい合った。

「あなたを気に入ったのは本当です。だが、それを伝えるには失礼な言葉だったことも認めましょう。失礼しました」

そういうと、彼は頭を下げた。

王子が頭を下げるなんて。もしかしてこの姿を見せないために人気のないところへ？

「あなたの自尊心を傷つける発言でした」

わりと素直なのね。

「わかってくだされればよろしいのです。先程も申しました通り、もう忘れますわ」

ここで面倒を起こしたくないので、その素直さに免じて微笑みを浮かべた。

でも微笑んであげるのはまだ早かったかもしれない。

ユフラス様は再び私の手を取ると、手の甲にキスしてきた。

「寛大なお心に感謝しましょう。そこで改めて私と話をする時間を作っていただけませんか？　今度は正式に申し込み、女性を同席させます」

手の甲ならまだ社交辞令と受け取ってあげるけれど、手を握ったまま近寄って来るのは許容できないんですけど。

「それは……。私は使節団の一員ですから、行動はルーク様の許可を取らないとお返事できませんわ」

身体を引いたのに気づいているはずなのに、ユフラス様は更に近づいてきた。

近い、近い、近い。

「では彼が許可をしたら、私のお相手をしてくれますね？」

「許可はしない」

ユフラス様の顔がずいっ、と近づいてきた時、広間の方から声がした。

「手を離していただこうか、ユフラス殿。この国ではどうかは知らないが、我が国では未婚の女性に暗がりでコソコソ近づくのは非礼だ」

「コソコソ？」

「話があるのでしたら、広間ですればよいのに、この様なところへ連れ込んだのは『コソコソ』という表現であっているのでは？」

「ルーク様」

他国の王子に『コソコソ』はよくないと思います。わざわざ『表現』と付けてるということは、アリーの言葉で喋ってるのだろうが、もっと別の言い方の方がいい。

「こっちへ来なさい、アンジェリカ」

「でも……」

「来なさい」

強く言われ、行きたいのは山々なのだけれど、ユフラス様はまだ私の手を握ったままだった。

ルーク様がそれに気づく。

「彼女の手を離してください」

「アンジェリカ嬢と話をしたいのだが、許可をいただけるだろうか？」

「残念ながら許可できません。明日は大事な会議ですので、通訳である彼女とは大切な打ち合わせがありますから」

二人は黙ったまま、しばし見つめ合った。

ルーク様は、私が無理やりここへ連れてこられたと勘違いしてるんだわ。いえ、完全な間違いではないけれど、無理やりというほどではないし、彼は謝罪しようとしていただけなのに。

何だかまずい気がする。

「手をお離しください。私はこの国に仕事をするために来たのですから」

「では、仕事が終わったら、考えてくれますね？」

「その時にもう一度、お誘いください。返事はまたその時に」

「わかりました、もうあなたの自尊心を傷つけることはしません」

手を離す前に、彼はまた私の手の甲にキスした。

それからルーク様に近づき、彼の耳元で何かを囁いて広間に戻って行った。

「アンジェリカ」

不機嫌な声。

私は慌てて彼に駆け寄った。

「助かりました。ありがとうございます」

だが彼の視線は冷ややかだった。

「助かった？　邪魔をしたのではないのか？」

「え？」

「ユフラスの相手をしたかったのではないか？　私が許可をしたら彼の相手をすると聞こえたが？」

「相手をして欲しいとは言われましたが、返事はしていませんでした」

「断っていなかったのなら、その気があったのではないか？」

「その気って……」

「何をしてもいいが、我が国の品位を落とす行動だけはしないでくれ」

彼は背を向けて、広間へ戻ろうとした。

ここに至って彼が何を誤解しているのかに気づいた私は、非礼とは思いながらも彼の腕を取った。

「何をする」

「誤解されたままでは嫌ですから、説明したいのです」

「誤解？　この耳で聞いたことをどう誤解しろというのだ？」

「どこから聞いていたのか知りませんし、ユフラス様はアリーの言葉で話をしていたのでしょうから、言葉のニュアンスが違っていたのかもしれません」

「ユフラス殿の言葉はそうかもしれないが、君の言葉は私にはちゃんと聞こえている」

「それでは伺いますわ。殿下は私がユフラス様とどんな話をしていたと思ってらっしゃいます?」

広間に戻り掛けていた彼を引き留めたので、まだバルコニーにいるとはいえ近くに人の気配があった。

なので、もう一度強く腕を引っ張って彼をバルコニーの奥へ引き戻した。

「君はユフラス殿の相手をする許可を私から求めようとしていた、そういうことだろう」

「違います」

「違う?」

「大事にして欲しくないので、ここだけのことにして欲しいのですが、確かに踊っている時にユフラス様から今夜こっそり自分の部屋へ来ないかと誘われました」

「何だと?」

意外なほど、彼は激昂《げっこう》し、広間へ戻ろうとした。

「ちょっと待って! まだ続きがあるんです」

引き留めるために、私は彼の腕にしがみつかねばならないほどの勢いで。

「その時には、侮辱だと断りました。王子の誘いを断るのかというので、身分で意見を通そうというのはよろしくないと答えました。そうしたら、踊り終わった後でここへ連れて来られたのです」

「そんなことを言われた後に二人きりになったのか」

「いいですか、『連れて来られた』と言ったんです。『付いてきた』ではありません。公式の席で王子の手を払いのけるなんてできないのはおわかりでしょう。ここへ来たら、ユフラス王子は失礼をしたと謝罪してくれました。恐らく謝罪の姿を他人に見られたくなかったのでここに来たのでしょう。その後で、正式に他の女性を同席させたお話の相手をしてくれないか、と言われたのです。いいですか、夜のお相手ではなく、あくまで話し相手ですからね」

すっかり説明したが。ルーク様の顔はまだ納得してないような表情だった。

「正式に申し込まれた会談とも取れる内容でしたので、殿下の許可がなければ返事はできない、と逃げてたんです」

「私が許可していたらどうした？」

「……命令ならば行きますが、個人の感情としては行きたくありません」

「そんな命令などしない。……手を離しなさい」

落ち着いたようだし、もう大丈夫よね。

「失礼いたしました」

手を離すと、反対に彼が私の手を取った。

「殿下？」

更に腰にも手が回る。

「我が国の最高の踊りを見せてやれ。他国のダンサーが一番の踊り手では顔が立たない」

「あ。はい」

びっくりした。

まさかとは思うけれど、抱き締められるかと思った。

初心者のシーリア様を美しく踊らせたくらいの腕前なのだから、彼のダンスステップは素晴らしかった。

でも私だって負けてないわ。学ぶのは好きだったけど、学べるものが少なかったので、ダンスは運動も兼《か》ねてバッチリ習っていたのだ。

「上手いな。ではもう少しレベルを上げよう」

ステップに小技が仕込まれ、ターンが大振りになる。私のドレスは花が開いたようにふわりと回った。

人の注目を集めることが好きなわけじゃないけど、皆から称賛の目を向けられるといい気分になってしまう。

いやだわ、楽しいわ。

彼のリードに身を任せて踊るのが楽しい。

「私より先にユフラスに踊られて、少し腹が立っていたようだ」

踊りながら、彼が言った。

「君が、ユフラスの相手をする気があるのかと思って。更に腹が立った」

「アリーではきっと許される言葉だったのでしょう」

「ユフラス殿に腹を立てていたわけではない。君が、私を相手にしてくれないのに、ユフラス殿だったら相手にするのかと思って腹が立ったのだ」

「え……？」

「君はいつも私を無視しているからな」

「無視なんてしてませんわ」

「無視という言葉が正しくなければ、『見ていない』かな。いつも私の向こう側を見ているような目で私を見ているだろう」

鋭い。

「私を王子と崇《あが》める者や、籠絡しようと狙う女性達とも違う。距離を感じる視線だ。面倒を避けるためにはそれでもいいと思っていたが、私を差し置いてユフラス殿ならその視界に入れるというのなら話は別だ。あの男の相手ができるのなら、何故私を遠ざける、と腹が立った」

「そんなことは……」

ルーク様はじっと私を見つめた。

この至近距離で見つめられるのはマズイんだって。あなたは本当に魅力的だから。恋愛と縁遠かった私には男性の免疫がないのよ。

意識したらあっと言う間にあなたの周囲に溢《あふ》れてる女の子達と同じ、ハートの目になっちゃうわ。とも言えないので、私はスッと目を逸らした。

「……まあいい」

ダンスが終わると、ルーク様はサッと私から離れていった。

危なかったわ。

王子としてのプライドで、自国の王子より他国の王子を優先するのか、ということなんだろうけれど、まるでユフラス様に嫉妬しているようなセリフに心がグラついてしまった。

ダメだなあ。

側にいて、自分のことを見てくれてると思うと、抑えていた欲が頭をもたげそう。

彼の視界に、女性として入ってみたい、なんて……。

「鑑賞用だわ」

「何が鑑賞用ですか？」

ポツリとこぼした独り言に問いかけられて、振り向く。

白いお髭のこの方は……。

「ムズリ様」

そう、大臣の一人、ムズリ様だわ。昨日の会食の席にもテーブルについていた。

「おや、私の名前を」

「昨日ご紹介いただきましたもの」

「一度だけ、しかも軽く紹介されただけで覚えていただけたとは、光栄ですな。美しい上に聡明では、殿下がお気に召すはずです」

「まあそんな」

「だが、異国の使節団の女性を外へ誘うとは、礼儀が足りませんでしたな。そのせいでルーク様とケンカなさったのでは？」

……どこから見てたのかしら。

「いいえ、ケンカ等しておりませんわ」

「それならよろしいのですが。ユフラス様はまだお若くて、革新的なところがありましてな。この様なクラック風のパーティを催されたのも殿下の発案でございます」

「まあ、そうですの。素晴らしいものですわ」

何か言いたいのだろう。

自国の王子を褒めている、というわけでもなさそうだし。

「だが心配もあるのですよ。外国かぶれになって、他国の姫を迎えたいなどと言われては」

それか。

私がユフラス様に靡《なび》いて王妃を夢見られると困るってことね。

「ユフラス様はご立派な方ですから、きっとアリーの美しい女性がお似合いでしょう。ご本人も、他国の女性に目移りする心配などないのでは？」

「おお、そう思われますか？」

「ええ。こちらの女性は皆さんお美しくて。羨んでしまうほどですわ」

「いや、あなたもお美しい」

「まあ、ありがとうございます。お世辞でも美人を見慣れている方に言われると嬉しいですわ」

私がその気はないと示したからか、ムズリ様は上機嫌になった。

「先程のルーク様のつれない態度は、きっとユフラス様とのことを誤解なさってでしょう。誤解とわかればすぐに笑顔を向けてくれますよ」

別に私達はそういう仲ではないのだけれど、ここは否定しないほうがよさそうね。私がルーク様のものと思っていれば、心配もしないだろうし。

「そうだと嬉しいのですが」

「大丈夫です。私がご助力しましょう」

「ありがとうございます」

そこにマインド医師がやってきて、会話が中断された。

「私と踊りませんか、アンジェリカ様」

「はい。喜んで」

これ以上ムズリ様に絡まれるのは嫌だったので、マインド医師の誘いに乗って、フロアに出た。

「何か言われましたか?」

「ユフラス様と親しくし過ぎないように、みたいなことを」

「異国の王子はお気に召しました?」

「美形でした。でもしたたかなところがありそうで、気の許せない感じでしたわ」

「お兄さんの言う通りですね」

「まあ、兄が何と？」

「恋愛には興味のない娘だ、と」

「まあお兄様ったら」

マインド医師との会話は、気が楽で、踊った後にも暫く会話を楽しんだ。

彼が医師であることは紹介されているからか、アリーの医学関係の人々も来て、図らずしも私は通訳としての役目を果たすことができた。

その後は、私がアリーの言葉を話すとわかっておずおずと近づいてきた女性達と、お互いの国のお洒落《しゃれ》に関する他愛《たあい》のない話をしたりもした。

けれど、ルーク様が私のところへ来ることはもうなかった。

自分よりユフラス様を優先させたこと、まだ怒ってるのかしら？　でも誤解なのはわかったはずだし。

むしろ、誤解して腹を立ててしまったことを告白したから、恥じらっているのかも。

だとしたら、少し時間を置いた方がいいわね。

夜会はつつがなく修了し、私達クラックの人間が一番先に広間を後にした。

その時も、ルーク様は役人達と話をして先を歩いていたので、私はマインド医師と会話しながらその後をついていった。

「アリーは、シーリア様をルーク様に勧めるつもりだったのじゃないか。殿下のお考え通り、アンジェリカ様が殿下のお側にいたお陰でその計画は消えそうですが」

マインド医師は、自分の部屋に入る前に、そんなことを言って笑った。

「ではおやすみなさい」

挨拶をしてマインド医師の部屋の前で別れ、自分は更に奥へ。

部屋の扉を軽くノックしてから開けて中に入る。

ルーク様は上着を脱いでソファに座っていた。

「お疲れ様でした」

あ、これって目上の人に言ってはいけない言葉だったかしら、と思った時、ノックの音が響いた。

「はい」

自分の方が扉に近かったので、返事をして扉を開けた。

てっきり役人の誰かがルーク様と話をしに来たのかと思ったが、立っていたのは可愛らしい侍女だった。

「何かしら？」

「はい、ムズリ様からお嬢様にお届けして欲しいと」

彼女が差し出した銀のトレーには、美しいガラスのビンと、グラスが二つ、それとカードが載っていた。

カードを開くと、『殿下の非礼のお詫《わ》びに』と書かれていた。

「これは、お酒？」

「果実酒だということです。女性にも飲める、口当たりのよいものだと」

謝罪と言ってるのを断るのも失礼ね。

「わかったわ、ありがとう。ムズリ様にもお礼を伝えて」

「はい。失礼いたします」

トレーを受け取り、侍女が扉を閉めるのを確認してから、再び中に入った。

「何だ?」

「果実酒だそうです。お詫びに、と」

トレーをテーブルの上に置き、ルーク様の近くに座る。

「詫び?　ユフラス殿からか?」

あら、まだ機嫌が悪いみたい。

「いいえ、ムズリ大臣からです」

「何故大臣が詫びるのだ?」

「私にですわ。ユフラス様が私を連れ出したせいで、私と殿下がケンカした、と思ったようです」

「ケンカなどしていないだろう」

「殿下がダンスの後、すぐに離れていったからでしょう。というか、それは口実かも。他国の姫は王妃になれない的なことを言いたかったみたいです」

「王妃になりたくはないのだろう?　前にそう言っていた」

「ですわね。私はおとなしい娘ではありませんから。何もしないで微笑んでるのが仕事、というのは」

「それは勉強不足だな。母上はとても忙しい方だ」

「そうなのですか？」

彼はお酒の入ったガラスビンのフタを開けると匂いを嗅いだ。

「甘い匂いだ」

「女性でも飲める果実酒だそうです。明日、味を訊かれるかもしれませんので、少しいただきますわ。殿下もいかがです？」

「そうだな」

ガラスのビンを取り、グラスに注ぐ。

赤い色をしたお酒は光を受けてキラキラと輝いた。ルーク様の言う通り甘い匂いがする。ベリー系のお酒かしら？

グラスを掲げて乾杯をし、口を付ける。

匂いはとても甘かったが、味はさほど甘みが強くはなかった。確かに女性でも飲みやすいものね。

ルーク様は、何も言わず一杯目を飲み干し、自分で二杯目を注いだ。

すぐには口をつけず、今度は手でグラスを持ったままじっとしている。

何か話してくれればいいのに。沈黙が重いわ。

不機嫌なのはわかるけれど、その理由がわからないから気まずい。

「王妃様がお忙しいとおっしゃってましたが、具体的には何をなさっているのですか？」

沈黙する前の話題ならば、続けてくれるかと王妃様の話を蒸し返す。

思った通り、彼はそれに応えてくれた。

「アンジェリカは王妃を飾り物のように言うが、実際は違う。王宮内部の人間関係を把握するため、その奥方達と親交を深めて情報を収集している」

「社交ですね」

「それだけではない。外交の要は王妃だ」

「外交の要が？」

「表立って動かないから人に知られることはないがな」

お酒が入って饒舌《じょうぜつ》になったからか、お母様のことを知ってもらいたかったのか、彼はここだけの話だと言いながら続けた。

国王は、決断の人。根回しやフォローなどはしない。王の決断は王妃との間で決めなければならず、間違ってはならないから。

唯一迷いを口にできる相手は王妃だけ。つまり一番の王の相談相手となるのだ。

そしてフォローも、他の者が行えば王の決断がまずかったと言うようなものなので、王妃がする。

たとえば、外交上で王が言い過ぎたと思えば、王妃がその相手をパーティに呼んだり、贈り物をしたり。

財政に関しても、王が何かを指摘すればそれは断罪になる。なので、王妃がそれとなく議題として上げ、王はそれを聞き入れたことにする。

もし指摘が間違っていても、間違いをおかしたのは王妃となるわけだ。

そんなふうに、陰で働くのが、王妃の仕事であり、それを他人に悟らせないのが務めなのだ。

「君が母上を楽そうだと見るなら、母上は上手く王妃の仕事をこなしていると言えるだろう」

「そうでしたか。私は大変失礼なことを。王妃様は素晴らしいお仕事をなさってたのですね」

「余人に話すなよ。これは国家機密だ」

「まあ、国家機密だなんて」

「本当だぞ」

そう言って、ルーク様はイタズラっぽく笑った。その笑顔にホッとする。よかった、やっぱり怒っていたわけではなかったのだわ。

「そっちへ移っていいか？」

「え？　ええどうぞ」

ルーク様は私の隣に席を移した。

近くなると、彼の体温を感じる気がする。そんなことあるわけないのに。

お酒を飲んで、自分の身体が火照《ほて》ってきているせいだろう。

「君は、本当に不思議な女性だ」

「変わってる、とおっしゃりたいのでしょう？」

「そうだな、変わっている。変わっているから、気になる。侯爵領で育ったと聞いたが、一体どこでそんな知識を得たのだ？　いや、知識ならば勉強すれば得ることはできるだろう。その発案と度胸だ」

「生来のものです」

「宝石やドレスに興味はないのか？　芝居や、音楽や」

「ないとは申しません。でも幸いなことに、私がそういうことを考えなくても、周囲の人間が選んでくれるので、興味を持つ必要がなかったままでですわ」

前世では、ファッションにさほど興味はなかった。ドレスなんて、パーティ用の地味なのを二、三枚持っていただけだった。

でもここでは、毎日侍女達が色んなドレスを持ってきて、これが似合うだのあれが流行だのと教えてくれていたので、自然とコーディネートに気を遣うようになったのだ。

「そうだな君はドレスや肩書きに頼らずとも美しい」

「お世辞でも嬉しいですわ」

「世辞ではない。本当にそう思っている。今日のドレスもよく似合っている」

彼の右腕が、私の後ろに回される。

背もたれに載せているから身体に触れてはいないが、そのせいで顔が近づいてドキドキした。

「今夜は特に綺麗だ」

ダメダメ、心を閉じないと。フィルターをかけて、彼を鑑賞用にしないと。

「アンジェリカ」

左手が、私の手を握る。

「あ……」

それだけでゾクリとして声が出る。

自分とは質感の違う大きな手に、鳥肌がたった。

「ユフラスに近付くことを禁じる」

遠ざけようとしても、実際に感じる手の感触がそれを許さない。

「ユフラスだけではない。他の男と二人きりにはなるな」

目の前に、『男の人』がいる。

男が私の隣に座り、手を握っている。

青い瞳で私を見つめている。

「私はそんなに無防備じゃありませんわ。あの時だって、声を上げれば人が来る場所だったから……、あ……っ」

握られた手に、彼の指先が絡み付く。

「どうかな。今こんなに接近させることを許しているじゃないか。それとも、私だからか?」

顔が近い。

だめ、意識してしまう。

どうしても、彼を遠い世界の人と切り替えることができない。

身体が、彼を意識して反応してしまう。

「アンジェリカ」

近かった顔がもっと近づいて、彼の唇が頬に触れた。

「あぁ……」

微《かす》かな触感に鳥肌が立つ。

唇は耳に移り。軽く耳朶《じだ》を食《は》んだ。

瞬間、全身に痺《しび》れが走る。

「だめ……っ」

自分が、『濡《ぬ》れた』ことに気づいた。

前世を合わせればいい年した女だもの、身体のことはよくわかる。私、彼に感じちゃってるんだわ。

彼の唇が耳から首筋に移る。

こんな、突然襲われるなんて。

いいえ、彼は少しずつ、私の反応を確かめながらだから、襲っているとは言えないわ。こうなってしまうのは自分のせいよ。

いつもなら、『お戯れを』と逃げられるのに、今日はそれができない。

彼が触れたから。

彼を男の人として意識しているから。

ルーク様のことは嫌いじゃないのだもの。むしろ、彼の見た目だけでなく内面も含めて、素敵だと思っていた、だから注意していたのに。

手が、ドレスの上から胸に触れる。

「あ」

身体が熱い。

潤む目で彼を見ると、ルーク様は小さく笑った。

「ようやく、お前の目に私を映したな」

その通りよ。

今、私はあなたを現実の男の人として見ている。

だから怖い。

彼の手が、ドレスの肩を掴《つか》み引き下ろした。

「や……っ」

左の肩があらわになり、そこに口づけられる。

「あぁ……っ」

胸が苦しい。息が上がる。

「感じやすいな」

そのまま手がドレスの襟刳《えりぐ》りを引くから、乳房が零れる。

「いや……っ！」

「抵抗はしないのだろう？」

膨らみを包むように手が触れる。

「あ……、ちが……」

「甘い声だ」

「力が……入らないの……。こんなのおかしいわ……」

前世でも、男の人とは縁遠かった。

学生時代にボーイフレンドぐらいはいたけれど、社会人になってからは仕事一筋で、付き合っても恋人になるまではいかなかった。

知識はたっぷりあるけれど、実践経験はゼロなのだ。

なのにどうして、こんなに感じているの？

頭がボーッとして、正常な判断ができないの？

嫌なのに、彼の手に応えるように身をくねらせてしまうの？

これじゃ誘ってるみたいじゃない。

「お願い……、止めて……」

ままならなくて、涙が零れる。

「アンジェリカ？」

「戯れで抱かないで。こんなの違う、違うの。男の人に触れられるのは初めてなのに……」

言っている間にも、身体が震える。

「こんなの……おかしいわ……」

胸にあった彼の手が止まった。

心は拒んでいるはずなのに、もっと触れて欲しい、続けて欲しい、と身体が求めている。

「……確かに、おかしいな」

彼が身体を離した。

「あ……ン」

零れた声が恥ずかしくて、顔が赤くなる。

「……酒か！」

ルーク様は近くに掛けてあった自分の上着を取ると、私の上に掛けた。

「立てるか？」

首を振ると、たくましい腕が私を軽々と抱き上げる。

「ん……」

触れられるたびに鼻にかかった甘い声が漏れる。恥ずかしい、こんな声、出すべきじゃないのに。

ただ先程までと違い、彼にはもう私をどうこうしようとする気配はなかった。

そのまま、私の寝室へ運び、ベッドの上にそっと下ろしてくれた時も、向けられたのは優しい眼差しだった。

「君の泣き顔を、初めて見た……」

指が、額にかかった髪を除《よ》けてくれる。

その指先にまたビクッとする。

彼にもうその気がないと分かっているのに、過剰に反応して誘ってるみたいだ。

「違うんです……。私は……」

「もういい。今のことは忘れろ。恐らくあの酒に媚薬《びやく》か何かが入っていたのだろう。だから君も私も、おかしな気分になってしまっただけだ。忘れていい」

「媚薬……？　でもあれは……！」

言葉をさえぎるように、彼の指が私の唇に触れた。

「君は忘れなさい」

彼はスッと立ち上がって私を見下ろした。

「私が君を望む時には、ちゃんと愛を囁いてからにすると誓おう。今のは事故だ」

事故……。

その言葉に胸が痛む。

「おやすみ」

部屋から出て行く彼を引き留めたいと思う気持ち。もう一度その手で優しく触れて欲しいという気持ち。

これは媚薬のせいなの？

……半分はそうかもしれない。

でも残りの半分は、彼を男性として意識してしまったからだわ。薬のせいで、フィルターをかけることができなくなってしまった。

触れた手が、彼を男と意識させた。そして、男性として意識してしまったら、抑えていた気持ちが溢れてきてしまったのだ。

「いいえ、薬のせいよ……」

頭の中をいっぱいにしているルーク様の意地悪な顔、優しい微笑み、私を惑わす全ての映像を追い出すために、意識を別の方向へ向けた。

まさか、あのお酒に媚薬が入っていたなんて。

この薬はいつまで効果があるのかしら？

前世の世界では、催淫剤とか媚薬というのは男性用のしかなくて、女性は興奮するくらいだと聞いたことがあった。『したい』って気持ちになる薬はガスみたいなのがあるだけだと。

でもここは違う世界。人の気持ちを動かす薬もあるのかもしれない。

あの大臣、私がルーク様とケンカしたと思って、ユフラス様に靡かないようにあんなものを送ってきたんだわ。ルーク様とラブラブになれば、よそ見しないだろうと思って。

次に会ったら文句を言わないと。

ああでも、文句を言ったら大事になってしまうかしら？

ってことは悔しいけど泣き寝入りするしかないか……。シャクだから、お酒は好きじゃないので飲まなかったって顔をした方がいいかも。

ふと気づくと、私はぎゅっとルーク様の上着を抱き締めていた。

仄《ほの》かに香る彼の香水の匂いが、必死で抑えようとしている彼を求める気持ちを呼び起こす。

それでも、私はその上着を手放すことができなかった。

身体の中の灯《とも》った炎が消えなくなるとわかっていても。

翌朝、ドレスを着たまま寝たせいで身体の軋《きし》みを感じいつもより早く目覚めた私は、すぐに侍女を呼んで湯浴《ゆあ》みも用意をさせた。

お風呂の中で裸になった自分の胸を見ると、ここに触れた手のことを思い出して顔が熱くなったが、昨夜のような欲求を感じることはなかった。

やはりあの欲情は薬のせいだったのだ。

今日は本格的な交渉のテーブルにつくことになるので、おとなしめのドレスに着替える。

気が重い。

昨日の今日で、ルーク様とどういう顔をして会えばいいのか。

扉を開ける勇気が出なくて、着替えた後もぐずぐずとしていると、扉をノックする音が聞こえた。

ギクリ、としたが聞こえてきた声はルーク様の声ではなかった。

「お嬢様、まだお休みでございますか？」

同行している侍従の声だ。

そっと扉を開け、顔を出す。

「お目覚めでしたか。朝食のお支度ができておりますが」

「皆さんお揃い？」

「はい」

みんながいるならいいわね。

「そう、遅れてごめんなさい」

「女性のお支度は時間がかかるものですから」

侍従はにっこりと笑った。その笑顔に少し癒されて居間に向かうと、皆が揃っていた。

だが少し様子がおかしい。どこか緊張している。

遅れたせいでその理由を確かめることもできず、ルーク様の顔も見られなくて、私はマインド医師の隣に寄り添った。

そのまま皆で朝食を摂った時も、席はマインド医師の隣にしたが、ルーク様は何も言わなかった。

食事を終えた後は部屋に戻っても、少し具合が悪いからと寝室に籠もっていた。

気持ちを切り替えて、仕事に集中しよう。大丈夫、もう薬は抜けたんだから、またルーク様に対してフィルターをかけることはできるわ。

私達の間には何もなかったのだもの、彼の言う通り、忘れてしまうべきだわ。

暫くすると、また侍従の来訪があった。

けれど、朝の笑顔とは違って、随分と深刻な顔をしている。

「お嬢様、お荷物はお纏めでございますか？」

「え？　ええ。いつも片付けてはいるけれど」

「お部屋に出しているものは、私共が片付けてもよろしいでしょうか？」

「出しているのは小間物ばかりだから構わないけれど……。どうして？」

「いつでも出立できるように準備しろとのご命令で」

「出立？　まだ交渉も始まっていないのに？　どうして？」

「私共には……」

理由はわからない、と侍従も首を振るだけだった。

そこにマインド医師がやってきて、そろそろ会談に向かうからと言われた。

「出立の話、お聞きになりまして？」

「ええ」

「理由はご存じ？」

マインド医師は一瞬間を置いてから「ええ」と答えた。

「一体どういう理由なのでしょう？」

「すぐにわかりますよ。具合が悪いとのことでしたが、吐き気や目眩《めまい》などは？」

「いえ、もう大丈夫です」

「何か少しでも異変があったら言ってください。すぐに、ですよ」

医師らしい心配に、仮病だったと言えず心苦しくなる。

居間には皆が集まっていた。朝と同じように緊張が漂っている。でも考えてみればこれから本番の交渉なのだから、当然ね。

「アンジェリカ、来なさい」

ルーク様に呼ばれ、私はマインド医師から離れて彼の傍らに立った。

彼も緊張しているのか、その表情は硬い。

「私が許可するまで、何も言わないように。いいな」

強い語調に「はい」と答える。

何だか私まで緊張しそう。

でも、このくらい厳しい空気の方が、昨夜のことを忘れられていいわ。

案内の者が来て、張り詰めた空気に包まれながら、誰も口を開かず廊下を進む。

最初の日に会食をした食堂より、もう少し広い場所で、アリーの人々が待っていた。

食事の時はアリーの人間とクラックの人間が交互に座っていたが、今日は片側に彼らが座り、私達も反対側にズラリと並ぶ形に座る。

ルーク様は上座ではなく、中央に座った。私はその右隣。

正面にはユフラス様が座っていて、マグルス王の姿はなかった。

「今回の交渉は私に一任されておりますので、父は同席しません。礼儀を欠く理由ではありませんのでご了承ください」

「了解した」

「それでは……」

「交渉に入る前に、私から言いたいことがある」

話し始めたユフラス様の言葉を遮って、ルーク様が口を開く。

アリーの人々は無礼だと言いながらざわついたが、ユフラス様が手でそれを制した。

「どうぞ。お聞きしましょう」

「ありがとう」

気のない感謝を述べてから、ルーク様は小さく咳払いをした。

「我々がアリーを訪れたのは、薬品の原材料となるタニシダを交易品として扱うということでした」

「それは手紙でも知らせていただきました」

「タニシダを使って作られる鎮痛剤や麻酔は、アリーにはないもので、しかも安価に一般の人々に回すことができるものです。それを、アリーの王室に売り、アリーの国内で王室がそれを売りさばけば、王室への求心力も高まることになるでしょうと提案しました。その他にも、海岸沿いでの船の輸送路の定着、河川を使った他国を巻き込んでの交易路などを提案するつもりでした。我々にも利はありますが、あなた方にとっても大きな利益を生む話だと思います」

「でしょうね」

交渉の前振りかしら？　でもそれならユフラス様の言葉を遮ってまでする必要はないのに。アリーの人間はプライドが高い。先んじて行動されれば印象を悪くするだろう。

「フリッツ」

名前を呼ばれ、同席していた騎士が立ち上がり、ルーク様の前にガラスの瓶を置いた。

あれは……！

「昨晩。このようなものが私の部屋に届けられた。このようなカード付きで」

彼は上着のポケットから小さなカードを取り出して見せた。

「『殿下の非礼のお詫びに』とありますが署名はありません」

そしてそのカードをユフラス様の目の前に投げる。

「筆跡に見覚えは？」

「……あるが、これが何だと？」

ユフラス様も、ルーク様の高圧的な態度に苛立ち始め、声がささくれている。

「同行の我が国の医師に調べさせたところ、中には媚薬が仕込んでありました」

「何ですって？」

「私と通訳のアンジェリカ嬢は同室ではあるが、寝室は別にしている。彼女は通訳だと、私は何度か説明した。その能力も、ユフラス殿も疑いはしないでしょう。真摯に働く女性に、薬をもって私が乱暴を働くように仕組んだ、ということは許し難い。彼女を侮辱するにもほどがある！」

ビリッと空気が震える。

「王子である私の口に入れるものに薬品を仕込むような国と我が国は親交を深めることも、交易を行うこともできない。これ以上ここに滞在することにさえ、身の危険を感じる。よって、我々はこのまま出国させていただく」

彼はそう言い切ると席を蹴って立ち上がった。

同時に私以外の全員が立ち上がる。

「ルーク殿！」

ユフラス様も、引き留めようと立ち上がったが、ルーク様が彼を見る目は冷たかった。

「あなたは我々を歓迎するために色々とクラックのことを調べたようだが、女性に対する礼儀は学ばなかったようだ。それに加えてあなたの家臣は、国の賓客に対する最低限の礼儀も知らない。これ一つを理由に、我が国はアリーに戦争を起こすことができる事象だと、想像もつかなかったのでしょう」

更に冷笑を浮かべ、蔑むような目をユフラス様に向ける。

「あなたが王子として、家臣を掌握するには未熟だった、無知であった、と思って今回はそこまでの対処はせずにおきましょう」

「失礼だ！　バカにしている！」

「何を言ってるんだ！　言い掛かりも甚だしい！」

居並ぶアリーの家臣達が口々に怒りを叫び立ち上がる中、ムズリ大臣だけが真っ青な顔で座っていた。

「止めろ！」

ユフラス様の一声で皆口を閉じる。ルーク様は言葉を続けた。

「酒を送った者の処分はあなたに任せよう。アリーの謝罪と誠意も、あなたが示してくれるのを楽しみにしましょう」

ユフラス様は、あのカードがムズリ大臣の字であることがわかったのだろう。そして事の重大さも。

だから、何も言わず、ただ立ち尽くしたままだった。

「立ちなさい、アンジェリカ」

私が立ったら、本当にこの会談は終わってしまう。

そう思って立ち上がれずにいたが、マインド医師が私の手を取った。

こちら側の人間が誰一人声を発しなかったのは、事前に話が通っていたのだろう。朝のあの緊張はそのためだったのだ。

そして私の体調を気遣ってくれたのも、私が薬を口にしたと知っていたからに違いない。

その後も、マインド医師はずっと私に付いていてくれた。

ルーク様を先頭に王宮を出て、侍従が用意して待っていてくれた馬車に乗り込むまでずっと。

慌てたように出てきた数人だけの見送りで、馬車は走りだした。

避けたいと思っていたのに、馬車の中ではルーク様と二人。

色んなことが頭の中を駆け巡る。タニシダはどうなるの？　両国の関係は？

だがそのどれよりも、ルーク様と二人きりだということで頭がいっぱいだった。


窓の外を見る余裕もなく、ずっと押し黙ったまま馬車に揺られる。

顔を上げることもできない。

だって、顔を上げればルーク様が目に入ってしまうもの。

前世でも、嫌な目に遭ったことは幾度もあった。でも大抵の上司は、『自分がしっかりしてないからだろう』と責任が私にあるような言葉を投げかけた。

事務職の女の子達には優しいのに、同じ土俵で戦う私には冷たい人が多かった。

もちろん、そうでない人もいたけれど。

だから、ルーク様が、最初に私に対する侮辱だ、と怒ってくれたことが嬉しかった。

国と国との問題より、自分が薬を盛られたことより、私が望まぬ凌辱《りょうじょく》を受けたかもしれないことに怒ってくれた。

私という人間を大切にしてくれた。

そのことが嬉しくて仕方がなかった。

ルーク様は、もう私にとって鑑賞用ではない。

生身の男性だ。

その手が熱いことも、もう知っている。

何より、彼が薬のせいにして私を抱くこともせず、私のために怒りを見せてくれたことが、心を動かしてしまった。

外見ではなくて、その心に、惹かれてしまう。

「アンジェリカ」

「はい」

ビクッと身体を震わせると、小さなため息が聞こえた。

「不埒《ふらち》な真似などしないから、安心しなさい」

「そんな……！　そんなこと、考えていません」

「ならば、もう少し顔を見せてくれ」

「でも、あの……。私のせいでタニシダが手に入らなくなってしまったかと思うと、申し訳なくて……」

「断じて今回のことは君のせいではない」

断言する強い声に、思わず顔を上げる。

「間違えるな。悪いのはアリーだ。君に悪いところなど一つもない」

「ルーク様……」

責めてもいいのに。不用意に私が大臣からのお酒を受け取ってしまったからこんなことになったんだって。

それでもあなたは私を守ってくれるの？

申し訳なくて、また涙が浮かぶ。

「君がそんなに泣き虫だとは知らなかった」

彼が、向かいの席からハンカチを差し出す。

「泣き虫なんかじゃありません。仕事の失敗については反省するだけのことです」

「仕事か……。タニシダのことなら心配するな、数株だが、アイゼンが植物園で買っていた。土産《みやげ》にするつもりだったそうだ」

同行の役人の名前が出て、私は泣くのを止めた。

「本当ですか？」

「ああ。数株でも、すぐに増やすことができるだろう。不自由なのは暫くの間だけだ」

「よかった……。本当によかった」

アリーまで来たことが全くの無駄にならなくてよかった。薬を必要とする人の元に、それが届くのだわ。

「帰りの宿のことだが、先行させたうちの者が手配しているだろう。だから私とは別の部屋になる。もう、私と同じ部屋にはならないので安心しなさい」

「あ、はい……」

「昨夜のことがどうこうと言うのではなく、私が君と同じ部屋では行儀よくしている自信がないからだ」

私に気を遣っての言葉だろう。意識しなくてもいい、部屋を分けるのは私のせいではなく、自分の都合だと言い訳をくれるための。

だって、彼は笑っているもの。

わかっているのに、『もしかして』と思ってしまう。今迄《まで》は、そんな期待を抱かなかったのに。

「別に、今迄も同室というわけではありませんでしたわ。寝室は別でしたし」

「そこは、残念ですぐらい言ったらどうだ？」

「ゆっくり休めて安心です。殿下のお心遣いに感謝します」

「ようやく『らしく』なってきたな」

彼の、私への微笑みに心が揺れる。

胸に触れた手が思い出される。

「アリーとの交渉はこれで決裂ではないと思っている。ユフラスはバカではないだろう。自分の汚名を雪《すす》ぐために必ず行動を起こす。その時には、また君の通訳としての仕事は必要だ」

「殿下の語学力でしたら私など……」

「私だけがわかってもだめなのだ。それに、通訳だけでなく、翻訳という仕事もある。アリーと本気で付き合うのならば、もっと彼らのことを知らなくてはな。向こうがこちらを調べていたように」

「タニシダの件を伏せて、交易ということで商人をお城に呼んではいかがでしょう?」

「そうだな。戻ったら、その話をしよう。侍女には戻せないが、仕事はある。反省することなど一つもないが、もし反省しているのならば、次に頑張ればいい」

……この人は、私をちゃんと仕事をする人間として扱ってくれる。

ただ女性だから優しくしなくては、ではない。

それがまた嬉しくて、彼を好きになってしまう。

仕事一筋で来たから、仕事にまつわることで優しくされると弱いのだと、初めて気づいた。

「頑張ります」

「よし」

彼が笑うから、馬車の中の重苦しい空気は消えた。

けれど私の心の中には、まだ重たいものが残ったままだった。

彼に、恋をしてしまったかもしれない、という不安が。

来た時と同じように、帰りも二泊し、私達はクラックへ戻った。

宿は豪華で、私はちゃんとした一人部屋をもらえた。

先触れの使者が帰国を知らせていたので、出迎えの者はいたが、出発の時よりも尚小人数だった。セレモニーもなく、馬車が着いたのは正面玄関ではなく奥の入り口。

帰国の理由も知らされているからだろう。

その中で心が安らいだのは、ジュリアン様とカール様、二人の王子達の出迎えだった。

「お帰り、眼鏡ナシのメガネ」

ジュリアン様が私に飛びつこうとし、カール様に止められる。

「こら、アンジェリカ殿はもう侍女ではないのだから、気安く接してはだめだ。ちゃんとアンジェリカ殿と呼びなさい」

「もう私の世話はしてくれないのか？」

「アンジェリカ殿はアーリエンス侯爵令嬢だと教えただろう」

ジュリアン様がつまらなさそうに言うと、ルーク様が背後から声をかけた。

「そんなにアンジェリカ殿がお気に入りなら、暫く城に逗留《とうりゅう》していただいて、お前達の話し相手になっていただくか？」

「本当？　兄上」

「ただし、彼女の扱いはもう侍女ではなく客人だ。お相手はきちんとするんだぞ」

「はい」

背後から、肩に手が置かれ、耳元で声がする。

「疲れているところ悪いが、弟達のワガママを聞いてやってくれ。滞在中には、これからの仕事の話もしたいしな」

肩にある手が熱い。

男の人にこんなに緊張することなんてなかったのに、肩に力が入る。

『これから』という言葉にも、身が引き締まる。

でもみんなが見ているから、冷静に笑顔で受け流さなくては。

「かしこまりました。仰せのままに」

それに今はルーク様を相手にするより、二人の弟王子を相手にする方が気が楽だ。

「ありがとうございます、兄上。さ、行こうアンジェリカ」

ジュリアン様が私の手を取る。

その温かさに癒されながらも、他の一行が私を置いて陛下と奥へ向かうことが寂しかった。

私は、何の役にも立たなかった。

無力感。ルーク様は私のせいではないと言ってくれたけれど、どうしても罪悪感が拭えない。

「カール兄様と一緒に新しい謎を考えたんだ。難しいぞ」

せめて、王子の遊び相手という役割ぐらいはしっかりとこなそう。

城を発《た》つ時に侍女を辞めてしまったので、私の部屋というものはなかった。

なので、私達が向かったのは、ジュリアン様の勉強室だった。

そこで夕食まで、三人で謎掛けの話などをして楽しんだ。

彼等が出す問題を私がすぐ解いてしまうので、少し不満だったようだが、明日にはもっと素晴らしいのを考えると向上心を見せていた。

夕食を呼びにきたメイドと一緒に来たルーク様を見た時も、彼等は喜びを見せた。

「兄上も今度参加してください。アンジェリカは手ごわいです」

前世も今世も、私に弟はいなかったが、いたらこんなふうだったかしら。

「自分の力で負かしてやりたいのではないのか?」

弟といるルーク様も、穏やかで男の人というより兄と言った感じで、気を張らなくて済む。

「それはそうですが……。あ、そうだ。アンジェリカは侯爵令嬢なのだから、私の妻になればいい」

突然、ジュリアン様が言った。

「そうしたら、ずっと一緒に謎掛けができる」

プロポーズにしては動機が可愛らし過ぎるけれど。

「何を言ってる、ジュリアン。それならば私がアンジェリカを迎える。こんなに頭のいい女性はめったにいないから、私の妻にこそ相応しい」

カール様にまで言われ、私は微笑んだ。

私もまんざらじゃないわね。

「お気持ちはとても嬉しいですが、お二人からだと、どちらにお応えするか悩んでしまいますわね」

「お前達、いい加減にしないか。王子としての自覚がなさ過ぎる」

突然響いた、珍しいほど強いルーク様の声に弟達の顔から表情が消える。

「王族の婚姻は国事にかかわることだ、軽々しく口にしてよいものではない」

「……ごめんなさい」

「……軽率でした」

大好きな兄上に叱られて、弟王子達はすっかりしょげてしまった。

「ルーク様、そんなに怒らなくても」

「君も、悩む必要などない。今のことは忘れなさい」

彼の視線が、一緒に来たメイドに向けられたので、彼の意図を察した。

他人に聞かれて大事になっては困るということなのだろう。

「わかりました。殿下のご命令に従います。殿下方、そのお気持ちがあと十年続いたら、是非その時に申し込んでくださいませ。今は笑い話として受け取っておきます」

「さ、行きなさい」

ルーク様に促され、二人は沈んだままメイドとともに部屋を出て行った。

「君の夕食は部屋に用意させる。今日は疲れただろうから、そちらでゆっくり休むといい。部屋はライラックの間だ」

ライラックの間。お掃除に入ったことがあるけれど、とても素敵な部屋だったわ。

「そんなよい部屋を。よろしいのですか？」

「君には、またすぐに仕事をしてもらうことになったからな。城に留まってもらわなければならない」

「仕事、ですか？」

ルーク様は少し難しい顔をした。

「アリーから早馬が来た。謝罪と交渉の継続のために、ユフラス殿が来るそうだ」

「え……？　こんなに早く？」

もしかしたら誰か使者が来るかもと想像しないではなかった。けれどこんなに早く、しかも王子のユフラス様自身が来るなんて。

もしかしたら、弟達を叱ったのはそのことで苛《いら》ついていたのかしら？

「二日後にはこちらに到着する予定だ。君にはまた通訳として同席してもらいたいが、かまわないか？」

「もちろんです。またお仕事ができるなんて、嬉しいですわ」

「仕事、か。君は強い女性だな」

言葉の意図はわからなかったが、一応褒められたと受け止めて「はい」と返事をした。

「荷物は既に運んである。部屋へ案内しよう」

「いいえ。場所はわかっておりますので、一人で大丈夫ですわ」

弟達が食事に呼ばれたなら、ルーク様も食事だろう。案内ごときで手間をかけさせたくない。

「……そうか。では明日は会議を開くので、呼びに行くまで部屋で待つように」

「はい」

先に去ってゆく背中が少し気落ちしている様に残念そうに見えるのは、気のせいだろう。

きっと、アリーとのことを考えているのだろう。

彼だけじゃなくて、私も考えなくては。

謝罪に来るということは、私も直接会わなければならないかも知れない。その時、どんな態度を取ればいいのだろう。

と思った時、『強い女性』の意味を察した。

あんなことがあったのに、仕事だと喜んだからね。

もし、相手がルーク様じゃなければ、意に添わない行為に及ぼうとしたことは恐怖だっただろう。でも好きな人に触れられたことは恐怖どころか……。

「いけない、いけない。考えちゃダメよ」

彼に続いて私も部屋を出ると、ライラックの間へ向かった。

考えるべきは、ルーク様のことではなく、アリーのことだわ、と思いながら。

ライラックの間は、王族の方々のお部屋にも近い客間で、寝室が別になっている二間続きの上、小さな浴室も付いている。

部屋の意匠も、天井に空、壁にライラックの花が描かれ、家具も白い瀟洒なもの。

旅行の時の荷物は既に部屋に運ばれて、整えられていた。

夕食を運んできたのはメイドだったが、夜の支度をしにきたのは侍女、以前の同僚だった女性だ。

私が元侍女であったことは公表していなかったし、様相も侍女をしていた時とは全く違うので相手は私と気づかなかったが、私は何だか心苦しかったので、以後は呼ぶまで世話はいらないと断った。

少し変な顔はされたが、お客様の要望には従うのがルールなので、素直に聞き入れてくれた。

一人でゆっくり食事を摂り、一人でゆっくりお湯を使い、翌朝、朝食が届けられるまでぐっすり眠った。

ナイトドレスのまま朝食を食べてから着替えて部屋で待っていると、侍従が迎えにきた。

侍従とともに会議室へ向かうと、そこにはアリーへの出発前に集まっていた面々と、使節団の一行が揃っていた。

私の席はまたルーク様の隣だったが、彼からかけられた言葉は「私が許すまで何も喋るな」だった。

その理由は、すぐにわかった。

アリーとの交渉が決裂した理由に、変更が加えられていたからだ。

真実は、私とルーク様が二人きりの時にお酒が届けられ、私達がそれを口にしてしまったのだが、ルーク様の説明ではそこにマインド医師が同席していて、彼が気づいたということになっていた。

「『もしも』お二人が口にしていたら、ルーク様にとってだけでなく、アンジェリカ嬢にとって悲劇となっていたでしょう」

マインド医師の言葉は、私とルーク様は二人きりではなかった、だから何もなかったとの証明となっていた。未遂であっても、私達が二人きりで媚薬を口にしていたとなれば、何かがあったと疑う人も出るであろうことを想定して、私の知らない間に皆で決めたのだろう。

もちろん、それだけでも一同の怒りを買うには十分だった。

そのせいでこれからのアリーとの交渉についての意見も割れた。

持ち帰った数株のタニシダを増やせばいい、アリーとはもう国交を断絶すべきだという者もいたが、そのことを逆手にとって事を優位に進めるべきだという者が殆ど。

他にも、謝罪を受け入れ、こちらの寛大さを見せるべきという人もいた。

喧々諤々《けんけんがくがく》の議論はあったが、最終的には国の将来を考えて交渉はすべきだということに落ち着いた。

アリーは我が国とは全く違う産物を多く有している。向こうも同じく、我が国に欲しいと思うものは多いだろう。

国を富ませるためには、国交は必然だ、と。

列席していた陛下がその裁定を下すと、議題はアリーの使節団の歓待方法と、交渉のテーブルに載せる産物などについてへと変わった。

議題が移ってからは、私にも発言が許された。

アリーを見て、我が国は何を求めるべきか、相手は何を欲しがるか。

アリーは私達をクラックの様式で迎えたが、こちらはアリーの様式で迎えるべきか否か。

交易路についての草案、常駐の外交官を送るか否か。

話し合うことは山ほどあり、そのために使える時間は短い。

昼食を挟んで、午後も会議は続き、夕食の時間に解散になったが、翌日も朝からの招集を命じられた。

退室の時、マインド医師が黙って頷いた。報告の変更は、これでいいのだというように。

なので、私も黙って頷き返した。

わかりました、というように。

部屋に戻ると、私は翌日の会議のためのアイデアを書き出した。

今度こそ役に立つ。その実感を掴むために。

翌日の会議の前に、それをルーク様に渡して、意見を求めた。

自分で言ってもよかったが、でしゃばっていると思われたくなかった。それに、ルーク様は私より頭がいい、私の案の欠点にも気づいてくれるだろう。

だが彼は、会議でその案を口にする時、その案が私からのものだと言ってくれた。

公平で優しい人。

また心が引き寄せられる。

彼が好きだと。

アイデアを他人に渡すなんて、前世では考えられないことだった。なのにそれをした本当の理由は、彼に気に入られたいから。褒めて欲しいから。そんな浅ましい気持ちのせいだ。

否定できない恋心を抱いたまま、ユフラス様の一行を迎えることになってしまった。


何台もの馬車が連なる列。

先頭の白と金で飾られた一際豪華な馬車が城の正面に停まり、中からユフラス様が現れる。

正装の白いローブに白い布を被った姿。

後続の馬車から降りてきた従者達が彼の背後で膝をつく。

立っているのはユフラス様一人。まるで花芯と花弁のよう。

アリーは本当に絶対王制なのだと思い知らされる。花芯、つまり中央にいるのは『王』と示している。今回は『王子』だけど。

早馬の後、正式な使者が来たので、彼は正式な国賓として扱われる。

なので、歓迎のため、出迎えには多くの人が集まり、城の入口は美しく飾られている。

こちらも、王ではなく王子が中央に立ち、ユフラス様と対峙《たいじ》する。

周囲の者は跪いてはいないが、離れたところでルーク様を囲むようにしている。

側にいるのは通訳としての私だけだ。

二人を繋ぐ緋色《ひいろ》の絨毯を踏み締め、ユフラス様だけが前に進み、ルーク様の前に立った。

「この度は、私の来訪を受け入れてくれてありがとう」

「礼を通すのなら、礼をもって迎える」

「耳の痛い言葉だな」

ユフラス様は苦笑し、私に目を向けた。

「あなたにもお詫びの品を持ってきた。どうか受け取って欲しい」

「そのようなものはいただけませんわ。悪いのは殿下ではなかったのですもの」

「優しいな。あなたに悪いことをした男は、我が国で処罰を受けた。思慮の足りない者を大臣に据えておくことはできない」

「まさか酷《ひど》い目にあわせたりは……？」

「ムズリは職を失い、家督を息子に継がせた。それだけだ。不満かもしれないが」

よかった。

アリーなら『殺した』と言われるかと思ってドキドキしてしまった。

「十分ですわ」

微笑んで、ユフラス様がまた視線をルーク様に戻す。

「彼女は、君の愛妾ではなかったのだな?」

とたんにルーク様の顔が固くなる。

「いくらアリーの言葉で話していても、言葉には気を付けていただきたい」

その一言で、この会話がアリーの言葉で話されていることがわかった。つまり、会話の内容は、クラックの者には聞こえていてもわからない、ということね。

「大事なことだから、確かめたかっただけだ。侮辱しているわけではない」

「彼女は通訳だと言っただろう」

「そうか。それはよかった」

「よかった?」

ユフラス様は、今度はちらっとだけ私を見て、言葉を続けた。

「前回、君達が望んでいたタニシダを持ってきた。代金はいらない。その代わり、彼女が欲しいのだ。アンジェリカ嬢を、私にいただきたい」

「な……!」

平然としているユフラス様に対して、ルーク様は表情に怒りを見せてしまった。

会話の内容がわからなくても、態度に出れば二人が険悪になったことがわかってしまう。

私は慌ててルーク様の腕を取った。

「抑えてください。人の目があります」

囁いた一言だけで元に戻るのは流石だわ。

「彼女を私の妻の一人として迎えたいと思うのだ」

繰り返された言葉に、折角戻した表情が険しくなる。私はまだ彼の腕に残していた手に力を込めた。

「私が答えます」

「アンジェリカ」

「ユフラス様、女性を取引の一つとして扱うなどというのは、侮辱です。たとえアリーの王妃になれるとしても、お断りします」

「あなたを愛している、と言ったら？」

「信じられないので返事は一緒です。もし本当でしたら、私がその言葉を信じるようにしてください。お話はそれからです。さ、くだらない話は終わりにして、中へどうぞ。皆さんが歓迎の準備をしておりますの。それに、殿下は荷物が多そうですから、運び入れるのにも時間がかかるでしょう？」

私はルーク様から手を離し、控えている人々の方を振り向いた。

「ユフラス殿下は旅のお疲れが出たので、早く中に入りたいそうです」

会話をしていた以上何かを伝えなければならなかったし、ルーク様が気分を害した理由も付け加えなければならない。

せっかく用意していた歓迎のセレモニーを断ってさっさと中に入って休みたいと言った、ということにするのが一番だろう。

「あなたはとても聡明だ」

背後でユフラス様がつぶやいた。

「あなたが欲しければあなたに私の言葉を信じさせなければならない、か。考えておきましょう」

ルーク様が手を挙げ、侍従を呼ぶ。

「彼等を部屋へ案内しろ。歓迎の式典は中止だ」

ユフラス様はクラックの言葉がわかるので、通訳はせず彼に同意を求める。

「でしょう？」

「……そうですね、そうさせていただこう」

「明日には歓迎のパーティを開きます、その時まで、どうぞごゆっくり」

ユフラス様が合図を送ると、離れて控えていた者達が立ち上がって近づいてくる。その家臣達に「歓迎の式典を断った。部屋でゆっくりしたい」と伝え、彼は案内の侍従について城の中へと案内された。

「……余計なことを？」

「いや、よく止めてくれた。今日はもう自室へ戻り、出てくる必要はない」

「でも通訳は？」

「提言を聞き入れてアリー語に堪能な商人を何人か呼んである。それにあの様子では必要ないだろう」

ルーク様は不機嫌なままだった。

正しい人だから、ユフラス様の言動に憤《いきどお》っているのだろう。

小さな不満を持ったままだった大臣達は、ユフラス様の態度を悪くとっただろう。

城の中へ戻るルーク様に付いていきながら、明日のパーティが荒れるのでは、という不安が過った。

ルーク様が取り仕切る限り、そんなことはないだろうけど……。


部屋へ戻れと言われたので、私はおとなしく部屋へ戻った。

使いが来て、夕食の会食にも私は出席しなくていいと言われてしまった。

使いの侍従が渡してくれたメモには、ルーク様の字で『君は先程のことを不快に思って退席しているということにする。その方が話を有利に進められる』と書かれていた。

そういうことならば仕方がない。

私が、先程のことで侮辱されたと感じ、会食を欠席する。謝罪に来たのにまた私に対して非礼を行ったと、交渉を有利に進める駒にしたいのだろう。

もう呼ばれないだろうと、早いうちにお風呂に入り、ナイトドレスに着替えてしまった。

明日……。

ユフラス様がまた変なことを言い出さないといいけど。

プロポーズもどきはされたけれど、あの人が私を本気で好きになる理由は考えられない。大方、自国では見ない珍しい女、程度の興味だろう。

けれどそのせいで両国の間が気まずくなったら……。

アリーとの交易を、諦めることはできない。タニシダのことだけではなく、文化も生活も違うアリーは、クラックにとって大きな商取引の相手となるはずだ。

今現在取引をしている商人もいる。

彼等のためにも、明日は何事もなく過ぎて欲しい。

に、しても。これで私は四人の王子にプロポーズされてしまったのね。何れも本気で恋して、というわけじゃないけど。

「恋愛か……」

性生活乱れる現代を生きてきたのに、本当に恋愛からは縁遠かった。

学生時代にはちょっとときめく男友達はいたけれど、それ以上に発展はしなかったし。社会人になってからは、同期の男性はライバル、上司は鬼。海外に出た時には日本人の女の子はカワイイとモテたこともあったけど、積極的すぎる対応に引いてしまった。

オタクというほどではないけれど、結局漫画や舞台やアイドルを観《み》て癒されるばかりだった。

生身の男の人を意識したらどうしたらいいのか、どうなっちゃうのか、経験がない。

自分も、今世では美人の方だと思う。

でもずっと領地に籠もって勉強三昧《ざんまい》だったから、男の人と社交上以上に接したことはない。

あんなに美形で、素敵で、好きだと思ってしまった人と、どう接したらいいのかしら。

これからも働いてもらうと言われたけど、仕事の話をしている間はいいとして、ルーク様と二人きりでいる時にふっと間が空いてしまったら……。

その時、ドアをノックする音が聞こえた。

「はい？」

「起きているか？」

誰だろう。こんな遅くの時間に。

ルーク様？

「話がある」

「ち……、ちょっと待ってください！」

どう接したらいいのかと悩んでいた本人が、こんな遅くに現れるなんて。

私は慌ててナイトドレスの上にガウンを羽織り、細く扉を開けた。

「何でしょうか？」

ルーク様も、ラフなシャツ姿。

これは公式な来訪ではないのだわ。

「着替えていたのか。では室内に入るのは失礼かな？」

「あ、いえ……。どうぞ」

ガウンはちゃんと着ているし、相手はルーク様だし、大丈夫よね？

彼は私に近づこうとはせず、「失礼する」と言って椅子に座った。

私も、テーブルを挟んで向かい側に座る。

「こんな夜遅くに訪れたのは失礼だと分かっているが、どうしても早く君に教えてやりたいことがあってな」

「私に？　何でしょう？」

「ユフラスが、取引なしで持参したタニシダを我が国に提供すると言ってきた」

「本当ですか？」

思わず声が大きくなってしまう。

「君の姿が見えないがどうしたのかと訊かれて、気分を害したと答えた。すると、失礼なことを言ったお詫びだと、持ってきたタニシダは全て無償で提供する、と。前回のことに関する謝罪と思ってくれていいとのことだ」

「よかった……」

「よかった？」

「だって、これで皆が助かりますもの。……それとも、受け取ってはいけないでしょうか？」

不安に思って訊くと、彼は首を振った。

「いや、そうだな。皆のためにも受け取った方がいいだろう。ところで……」

彼は脚を組んだ。

「君はユフラスが本気でプロポーズしたら受ける気なのか？」

「そうですわね……」

「『そうですわね』？」

ルーク様の片眉がピッと上がる。

「受けるつもりなのか？」

「まさか。冗談だとわかっていることに本気で反応はしませんわ」

「彼の言葉は冗談だと？」

「だと思いますわ。だって、ユフラス様はアリーの王位継承者でしょう？　他国の人間である私と正式にお付き合いを望むわけがありませんもの。あの憎たらしいムズリ大臣も、他国人の王妃は認めないと言ってました。それはお国の人の総意だと思います」

そして、珍しいものに対する興味ね。

「家臣の反対を押してでも君を求めたら？」

「それこそあり得ないと思います。私ごときに」

「ごときではない、君は魅力的だ」

真剣に言われて、恥ずかしくなる。

慰めの言葉なのだから、真面目に受け取っちゃだめよ。

「ありがとうございます。でもとにかく、王子とのお付き合いなど、考えてもおりません。万が一申し込まれてもお断りしますわ」

彼の求めているのはその答えだと思ったのに、険しい顔は不機嫌になった。

「カールとジュリアンのプロポーズは喜んでいたではないか」

……彼らも王子ではあるわね。

「あれは子供の戯言《たわごと》ですわ。結婚すれば謎解きができる、が理由ですもの」

「それならすぐに断ればよかっただろう」

「だって子供ですもの、すぐに断ったら傷ついてしまうでしょう？　失礼かもしれませんが、時間を置けばすぐに忘れてしまうでしょうから、考えると言っておけばよいかと。でも、メイドが見ている前では軽率でした。すぐにお断りするべきでした」

「人が見ていなかったら？　正直な君の気持ちはどうなのだ？」

「どうって……、だって王子様じゃありませんか。もっと年頃もお似合いのお嬢さんが現れればすぐに私のことなど忘れてしまいますわ」

「君は王子が嫌いか」

「嫌いというか……。王子様のお相手は色々と資格が必要ですし……」

「資格？」

「家柄とか、性格とか、教養とか……」

「家柄なら君は侯爵の娘だし、性格も教養も問題なしだろう」

「でも、私はカール様達と結婚するつもりはありませんわ」

「では私は？」

彼の一言に、時が止まる。

「私の相手ならばできるか？　それとも、私でも拒むか？」

何の流れでそんな言葉が出てくるの？

これって、私の妄想？

固まったままでいると、彼は席を立ち、テーブルを回って私の前に立った。

「私が望んだら何と答える？」

手が、手を取る。

あの手だわ。私の胸に触れた。

思い出した途端、顔がカーッと熱くなる。

私の反応に、ずっと不機嫌だった彼の顔に笑みが浮かんだ。

その笑顔が、何か悔しい。

「他の者の話と反応が違うな」

「ご……、ご冗談は止めてください……」

「冗談ではない」

「だって、今までそんな素振りは一つも見せなかったじゃありませんか！」

「そんなことはない。君は魅力的だと言ったはずだ。他の女性とは違うとも」

「そんなこと……。また変なお酒でも飲まれたのですか」

「失敬な。女性の部屋を訪れる時に酒を入れるようなことはしない」

「とにかく、もうからかわないでください」

私は彼の手を振り払って席を立ち、奥の寝室へ逃げ込んだ。

「お話は伺いました、どうぞお戻りください」

閉めた扉の内側から終わりを告げたのに、彼は立ち去ろうとはしなかった。

「アンジェリカ」

扉が押し開けられそうになり、慌てて押し戻す。

「ルーク様はどんな女性でもよりどりみどりでしょう。私のような可愛げのない娘を相手にするはずがないってわかっています。だからもうからかわないでください」

「からかってなどいない」

力負けして細く開いた隙間から、彼の声が響く。

「からかってるに決まってます。どうせ私が赤くなったり、恥ずかしがったりするのが面白いんでしょう。これでも若い娘なんですから、そういう冗談を言われれば恥じらうに決まってます」

「だから冗談ではないと言っているだろう」

いつものルーク様なら、こんな時間に女性の寝室に無理やり押し入ろうとはしないだろう。だがムキになっていたのか、終《つい》に私ごと扉を押し開けてしまった。

「あ」

「おっと」

勢いに負けてふらついた私を、彼が抱きとめる。

アクシデントでも、男の人の胸に抱かれてドキドキする。

こんな状況でドキドキしちゃダメじゃない。平常心を取り戻すのよ。焦れば焦るほど、余計に面白がられるんだから。

「放してください」

「これは不可抗力だ。君を床に倒すわけにはいかないだろう」

「あなたがドアを押し破らなければ倒れたりしません」

「君が私を締め出さなければ無理に扉を開けたりしない」

彼は私をベッドに座らせ、自分は今入ってきた扉によりかかるようにして立った。

まだ眠るつもりはなかったから、枕元のものしか点《つ》けていない明かり一つで、寝室は薄暗かった。

「さて、もう逃げる場所はないから、きちんと私の話を聞いてもらおうか」

「強引だわ」

「強引に出なければならなくしたのは君だろう。私が冗談を言っていると決めつけた」

「冗談にしか思えないことを言うからです」

「冗談でも、からかっているわけでもない。私はもうずっと前から君を気に入っていた。でなければアリーへ連れていったり、寝室は別といえ、同室を許す訳がない」

「それは私の天啓と、私があなたを狙っていなかったからだわ」

「アリーでは君に手を出した」

「薬のせいですわ」

「ユフラスや弟達に焼き餅を焼いている」

「王子として争ってるだけでしょう」

「強情だな」

「事実です。突然過ぎて、信じられません」

それっぽいことを言われたのは、あのお酒を飲んだ時だけ。それ以外は興味があるとか面白いとか、そんなことばかりだったわ。美しいというのも、着飾った公式の席とか、他の人がいる時ばかり。

信じられるわけがない。

ルーク様はため息をつくと、私の方へ歩み寄った。

ビクッとして身を引いた私の隣に座る。

「な……、何ですか」

「君はずっと、私を見ていなかった。民衆が『王子様』としての私を眺めるような目でしか見ていなかった。

私が隣に座っても、そんなふうに口籠もったり身体を逃がしたりはしなかった。私は君にとって『男』ではなかった。違うか？」

「だ……、だってあなたは王子様ですもの」

「だが今は私を『殿下』ではなく『あなた』と呼ぶ」

しまった、つい。

「……失礼いたしました」

「かまわない。嬉しいぐらいだ。あの酒の一件は、本当に腹立たしく思っている。私に、望んでいない女性を襲わせようとした。だが一つだけ感謝することがある。あの時、君は私を『王子様』ではなく『ルーク』として見た」

彼の手が、ベッドの上に置いた私の手を取る。それ以上近づいては来なかったが、熱が伝わる。

「パーティの時、君がユフラスの相手をすると聞いた時、私のことはそういう目で見ないのに、ユフラスならば見るのかと思ったら腹が立った。私の方が先なのに。どうして私のことは『男』として見てくれないのかと」

ダンスの後、振り向きもせずに去っていったのは、そういうこと？

「部屋へ戻って、話をしているうちに、君が私を『男』として意識してることに気づいた。気づいたら、どうしても君を女性として求めたいと思った。それがいけないことだとは思えなかった。もちろん、あの時は薬のせいだったのだが」

「……そうでしょうね」

肯定すると、ムッとした顔をされた。

「薬のせいだったのは、強引に求めたことだけだ。求めたいと思う気持ちは、何のせいでもない。今私は素面《しらふ》だし、何の薬も飲んではいない」

重ねた手に、グッと力が入る。

「それでも、君が欲しい。この状態で、冗談だなどとは言わないでくれ」

確かに、冗談ではここまでしないだろう。でも信じることができない。

「お城には私より美しい女性はいっぱいいるじゃありませんか。生意気で、女らしくもない貴族の娘なのに働きたいとか言ってる変わった娘を望むなんて、信じられません」

「君は面倒だな」

「め……！　失礼な」

「美しく、家柄もよく、教養がある女性は、たくさんいるだろう。そういう女性ならば何人も見てきた。私に興味を示さず、前向きで、行動力と発想力があって、生意気な女性は君が初めてで、恐らくもう二人といないだろう。だから君がいいのだ。ぐだぐだ言うのは君らしくないぞ。私の質問は簡単だ、アンジェリカ、君は私を好きか？　王子としてではなく、男として好きか？　それだけだ」

何て答えればいいの？

ルーク様の顔が、ゆっくりと近づいてくる。

「返事は？」

逃げられない。彼を拒む理由が見つけられない。

だって、私は彼のことが好きなのだもの。

彼の言葉が真実だとわかるし、もう偶像だの鑑賞用だのと思うことはできないし。

経験はなくても、何にも知らない子供じゃない。求められることの意味もわかるし、真剣なら嫌だとは思わない。

「アンジェリカ？」

もう一度名前を呼ばれて、私は終《つい》に陥落した。

「……好きよ」

目の前の顔が勝ち誇ったように笑う。

「侍女の仕事をするのに、王子様に恋するわけにはいかなかったのよ。だから手の届かない人だと思ってなければ、あなたは鑑賞用で、私には関係のない人だって」

ああ、もう。目の前でにやにやしないで。

私の言葉に喜んでくれてるって、嬉しくなるじゃない。喜ばれると、口が止まらなくて、言わなくていいことまで言っちゃうじゃない。

「最初から、美形でデキる王子だとは思ってたわ。だから余計に自分には縁がないってわかってた。だって、私は仕事がしたかったのだもの。王子様を巡って恋の鞘当《さやあ》てなんて面倒なことに巻き込まれたくなかったのよ。なのに、あなたが触れるから」

「触れるから？」

言葉を受けて、手を握っていた手を離して、今度は腰に回してくる。密着されて、心拍数が上がった。

「……あなたはここにいるんだって、意識してしまったわ。私のために怒ってくれた姿に、もうごまかすことができなくなって……」

「私を好きか？」

「好きよ」

「キスを許してくれるか？」

答える代わりに目を閉じると、唇が重なった。

この世界に生まれ落ちて、初めてのキス。

前世のことなんて、もう経験としては遠すぎて、どうだったかも覚えてないわ。覚えていても、このキスで上書きされてしまう。

だって、ルーク様のキスは軽く唇を合わせても私が逃げないとわかって、急に激しくなったのだもの。

強く抱き締められ、舌を入れられ、口の中を荒らすように求められる。

熱くて柔らかい感触に、体温が上がる。

他の何のせいでもなく、ルーク様のキスのせいで。

「君と一緒にいると行儀よくできないと言ったのを、覚えているか？」

帰りの馬車で言った言葉ね。頷くと、またキスされる。

「気を遣った言葉ではなく真実だ。そしてもう一つ。私が君を望む時には、ちゃんと愛を囁いてからにすると、誓ったことも？」

「……覚えてます」

あ、これは……。

「誓いは破らない。だがアンジェリカの気持ちを知った今、もう我慢ができない。君を愛してる。行儀の悪い私を許してくれ」

来る、と思った次の瞬間、ベッドに押し倒される。

でも、私は声も上げなかったし、拒むこともしなかった。

「あ……」

ただ耳元で心臓がうるさく鳴るのを聞いていただけだった。


何度も言うけど、三十ン年生きてきた前世でも、私は男性経験がなかった。

つまり、処女だ。

前世の現代では、世の中にセックスの情報が溢れていた。メディアではキスしたり抱き合ったりすることが特別ではないと、映像や音楽を発信していた。

私自身全く興味がなかったというわけでもない。手を握られたり、軽く抱き合ったりはしたことはある。

恋愛関係でなければ外国の人との挨拶や、女性同士のじゃれ合いなんかもあった。

けれど、そこから先の経験はなかった。

まして、恋愛をして、その相手と抱き合うのは、正真正銘、これが初めてだった。

王子様って、教養として女性の相手の仕方を教えられているのか、彼が既に経験があるのか、ルーク様は決してガッつくことはなかった。

私をベッドに押し倒した後、髪を撫で、顔を覗き込みながら何度も軽いキスをくれる。

見つめ合ったまま、ガウンの紐《ひも》を解き、中に手を滑らせてくる。

ナイトドレスの上から、身体のラインをたどるように撫で、胸で止まる。

それでも、私はおとなしくしていた。

お酒が入っていた時は、薬のせいで身体に力が入らなかったのだけれど、今は彼の次の動きを待ち望んで動かないだけ。

キスしながら、手がまた動きだし、ナイトドレスのボタンを外す。

下着を付けていないので、その中に入ってきた手は、直接私の肌に触れた。

「あ……っ」

思わず声が上がり、身体が固くなる。

映画やテレビや漫画で、知った気になっていたけれど、現実に『触れられる』という感覚は全然違う。

体温の違いが、自分と彼とを分けている。自分ではない人が、自分の、隠されていた場所に触れてゆく。自分でさえそんなに触ったことがなかった胸や、腹や、脇腹を、男の人の手が滑ってゆく。そんなところを触られると、こんな風に感じるのかという新鮮な気持ち。

男の人に触られるのって、いいえ、好きな人に触られるのって気持ちいい。

なんて、余裕があったのは、彼がおとなしく身体を撫で回している間だけだった。

私の来ていたナイトドレスは、すべてが前ボタンになっているものだった。

ルーク様はそのボタンを腰まで外し、前を開けると、私の胸に顔をうずめたのだ。

「あ……っ！」

唇が、胸に触れる。

舌が膨らみを濡らし、乳首を吸い上げる。

「ひ……っ、あ……っ」

ゾクゾクッ、と背に鳥肌が立つ。

固くした舌で、先をくりくりっと弄ばれると、身が縮む。

縮むだけじゃなくて、感じてしまって濡れてくる。

「だめ……っ」

自分の身体の奥から、大事な部分に蜜が溢れてくる。

強く吸い上げられると、ゾクゾクする。

気持ちいいって、こういうことなのね。

全身の肌が感覚器官になったように、布が擦れても、指が這《は》っても、舌が舐《な》めても、ざわざわとしたものを拡散してゆく。

触られているところだけじゃない。全てが彼の愛撫《あいぶ》に応えている。

「今日は、泣かないな」

ポツリと彼が呟く。

「君の泣き顔を見た時、不謹慎だが可愛いと思った。だが泣くほど嫌がられたかと、ショックでもあった」

私の柔らかい場所ばかりに触れてくる手。

「あれは……」

「わかっている。ただ、嫌がられていないことに、ほっとしているだけだ」

あの時は、怖かった。

ルーク様が、というより自分の身体が。いつもと違う反応、抑えられない欲望。

自分が自分でなくなるみたいで。

今も、彼が欲しいという欲は感じる。

もっと触って欲しい、もっと感じさせて欲しいと。でもそれはちゃんと自分の意思で望むことだから怖くはない。

彼の左手が、胸を揉《も》む。

右手は腰を撫でながら尻の下に差し込まれる。

割れた谷間を滑って太腿《ふともも》を回って前に来る。

脚の付け根に触れられると、くすぐったかった。

そのくすぐったさの中にさえ、快感がある。

指は、下履きの隙間から私の濡れた場所に伸びた。

「う……っ」

この時代の下着は無防備だわ。

合わせて紐で止めるだけなのだもの。腰の紐が引っ張られたら、それはすぐにただの布になってしまう。

ただの布では、彼の指を止めることはできなかった。

「だめ……」

指が、肉襞を割って濡れた場所の奥へ進む。

慌てて膝を閉じたけれど、既に到達してしまった指には無力だった。

「あ……」

二本の指が、入口で動く。

「ん……っ」

胸をいじられた時よりも、もどかしいような快感。

先の突起を見つけて、指で押されると、また蜜が溢れる。

「や……、だめ……っ」

身を捩《よじ》り、指から逃げようと腰を振る。

すると、胸を弄んでいた方の手が、私の肩を押さえた。

「動くな」

命令の声。

私をベッドに縫いとめて、指が中に差し込まれる。

「や……っ」

内側の肉が、指で荒らされる。

ぐちゃぐちゃに掻《か》き回される。

奥深くへ差し込まれ、引き抜いてはまた濡れた指で前を嬲《なぶ》る。

「だめ……。ふ……っ」

中を荒らされるのも感じるけれど、引き抜かれる時の擦れる感じもゾクゾクする。

もう十分、ソコは濡れて溢れているのに、彼はまだ執拗《しつよう》に私を嬲り続けた。

思考が消えてゆき、感覚と感情だけが私を支配する。

それらの全てはルーク様の動きがコントロールしている。

胸にキスされれば胸が震え、下を弄《いじ》られれば声が上がる。私を求める顔が視界に入ると、真剣な眼差しに喜びを感じる。

気持ちがよかったり恥ずかしかったり、愛《いと》しかったり。くるくると回る自分の感情に目眩がする。

恥じらいで閉じていた脚の間に彼の膝が入った時、終にその時が来るのだと思った。

その瞬間、私の中の現実的な部分が警鐘を鳴らした。

この時代って、避妊具がないのでは？　あったとしても、この状態で彼がそれを取りに行くのは考えられない。

「だめ……っ！」

私は一際強く言って、彼の腕を掴んだ。

「アンジェリカ？」

「これ以上はまだ……」

彼は、止めてくれる代わりに腕を掴んだ手を取り、腕の内側にキスした。

そんなところにキスされたら、また力が抜けてしまう。

「ここまできて、止められない」

いつもより低い、掠《かす》れた声。

だめなのに。それほど強く求められていることが嬉しくなってまた抵抗が鈍ってしまった隙に、彼が私の脚を大きく開かせた。

「あ、いや……っ」

隠す物なく、秘部が彼の目に晒《さら》される。

「ルーク様……っ！」

体を起こして自分の前を隠そうとして、前世、今世合わせて、初めて間近で男性器を見てしまった。

カーッと頭に血が上り、プチパニックを起こしている間に、彼が動いた。

「あぁ……っ！」

嘘。

彼が、私の中に……。

「ん……っ、やぁ……」

「……温かい、いや、熱いな」

中にどんどん入って……。

突き上げられる。

内側に感じる異物は『彼』。性急な動きは、彼の欲望の表れ。欲望は感情。私を、私だけを欲しがっている気持ちの強さ。

「あ……。あ……っ、い……っ。だめ……っ。奥……っ」

敏感な部分に触れられていた快感を凌駕《りょうが》する。熱情と言うべき快楽。

溶ける。融《と》ける。蕩《とろ》ける。

手を伸ばして、彼を求めた。

腕の中に、彼の逞しい身体が収まった。

抱き合って、同じ体温になりながら、彼の動きに支配される。

「アンジェリカ……」

密着する肌と肌。

交わされる口づけ。

「あ。やぁ……、い……ッ！」

強く、強く抱き合ったまま、突き抜けるような絶頂と共に彼の放った熱を中に感じた。

苦しくなるような愛しさの中で……。


夢見心地だった。

疲労感でぐったりとした私を、ルーク様が寄りそって抱き締めてくれたから。乱れて顔にかかった髪を丁寧に整えてくれて、優しく額にキスをくれたから。

望まれている。

愛されている。

それを幸せだと感じていた。生まれてきて一番の幸せだと。

だから、彼の言葉に胸が切り裂かれる思いだった。

「すまなかった」

突然の謝罪。

一瞬にして冷たくなる指先。

何を謝っているの。何を『悪い』と思ったの？

「欲望に負けた」

何故愛し合って抱き合ったという喜びに水を差すような言葉を口にするの？

「責任はとる」

「……責任？」

「ああ、きちんと……」

「止めて」

『きちんと』に続く言葉を聞きたくなくて、言葉を遮る。その後を何て続けるつもり？　責任を取ってきちんと結婚します？　それ以外の言葉は想像できないわね。

「出てって……」

「アンジェリカ？」

「私は責任をとって欲しくて身を任せたわけじゃないわ」

彼は自分の失言に気づいた顔をした。

「いや、そういう意味ではない。ただ……」

「結婚しようなんて言わないでね。私は愛されて結婚したい。責任を取って結婚して『いただき』たくないの。今の時間は幸せだった。その時間を壊さないうちに出て行って」

声が震える。

苦しい。

泣いてしまいそう。でも泣きたくない。ここで涙を見せれば、余計彼に『責任』を押し付けてしまう気がするから。

「私は今の時間を望んでいたわ。だから謝ったり責任を感じたりしないで」

「違う、アンジェリカ」

伸ばされた手を、振り払う。

「触らないで。何も言わないで。今夜のことは……、忘れることにしましょう」

泣いてはだめだと思っていたのに、涙が一粒零れ落ちてしまった。

彼の表情が曇り、手が引っ込められる。

諦めたような小さなため息。

彼は静かにベッドから降りて、服を整えた。

「私は忘れない」

「いいえ、忘れて」

「忘れるわけがない。だが、今は戻ろう。君を傷つけてすまなかった」

「謝らないで。あなたは何も悪いことなんてしていないのだから。それとも、私に愛情を誤解させたことを、『悪い』と思ってる？」

またため息。

「君は強い女性だと思っていた……」

「出て行って」

もう一度繰り返すと、彼は黙って寝室を出て行った。

戻ってくる気配のないことを確かめてから、やっとボロボロと涙を零す。

勢い、だったのかしら？

愛されていないとは思わない。でも、彼の愛情は、私と同じではなかったのかもしれない。

私が彼に抱かれたのは、これからの時間の全てを彼に渡すつもりだったからだけれど、彼にとっては欲望を満たすこの一瞬だけのことだったのかもしれない。

そう考えると、また涙が溢れた。

恋愛経験が乏しいから、夢を見過ぎたのかもしれない。

男女の関係には一時的なものもある。彼は、私を好きだと思って、手に入れたいと思って、手に入れただけで満足したのかもしれない。

でも、王子様だから、正しい人だから、責任を取ると言い出したのかも。

でも、責任でする結婚が幸福とは思えない。これから先、彼は責任を取って私の隣にいるのだという思いが拭えなくなってしまう。

「ばかね……。結婚なんて、彼は一言も言ってないのに」

ここまで考えて気づいた。そうか、私は彼との結婚を望んでいたのか。

「強欲、だなぁ……」

愛しいと思った人を、独占したかったのか。

結婚に、愛情という夢を見ていたのか。

望む通りの言葉をもらえないことが、こんなにも悲しいのか。

自分でも知らなかった自分の欲望に気づいて、私は笑った。

泣きながら、一人でずっと笑い続けた……。


翌朝、朝食が終わると、断っていたはずの侍女がやってきた。

新しいドレスを持って。

「王妃様から、このドレスで出席するようにとのご命令です。お支度も、私達がさせていただきます」

今日はアリーの正式な歓迎会。国事行為だ。その上、昨日の歓迎のセレモニーが中止になったから、我が国としてこのパーティには力が籠もるのだろう。

私は通訳としてルーク様の側にいなければならない。

だから国の威信をかけて美しくしろ、ということだろう。

「わかったわ。お任せします」

昨夜のことをまだ引きずっていて、自分で装う気持ちになれなかったので、私は彼女達に全てを任せた。

現れた侍女達が、元同僚ではなく、どう見ても王妃様付きの侍女であったことも、任せた理由だった。

この人達なら、気を遣わなくていい。

香油を使ったお風呂に浸《つ》かり、よい香りのするソープで全身を洗われる。

髪にはハチミツを塗られ、洗い流した後は丁寧にタオルドライを受けた。

王妃様が用意してくれたのはドレスだけでなく、髪飾りなどのアクセサリーや下着まであった。

髪には、小さな宝石のついたピンが刺され、髪全体が輝いているよう。その上で、耳の後ろに羽のような細工の飾りが添えられる。

ドレスは、淡い青だった。

とてもシンプルなデザインだったが、光沢のあるシルクの上にオーガンジーを重ねた身頃、スカートの上に何枚もグラデーションになったオーガンジーが重ねられ、少し動くだけでそれがふわふわと舞う。

「まるで天使のようですわ」

と侍女が言ったけれど、確かにそんな感じ。

王妃様はとても趣味がいいわ。

三割増しで私が美人に見える。

女って不思議なもので、美しく装わされると、それだけで気分も上がってしまう。

最悪な気分で目覚め、暗く重たかった気持ちが、支度が全て終わるころには、そう悪くはない気持ちに戻っていた。

自分でルーク様に言ったじゃない。

昨夜のことは忘れるのよ。

今日は仕事の日。

ユフラス様はまたくだらないことを言い出すかもしれない。それを上手くかわして問題の起きないようにしないと。

大臣達の中には、アリーに対する不満を覚えている者はいるだろう。

昨日のセレモニーのキャンセル（実際は、ルーク様が言い出したのだけれど）のせいで、その気持ちを強くしているだろう。

その人達の不満が爆発しないようにもしたい。

それはタニシダの提供を持ち出せば、幾分軽減されるだろう。

会場に入ったら、まず王妃様にこのお支度のお礼を言うことを忘れないようにしないと。

何より、ルーク様を見ても泣いたり表情を変えたりしないことを気を付けよう。

私は彼を責めたくない。

昨夜、泣きながら気持ちを切り替える努力をした。

謝罪も、責任を取るという言葉も悲しかったけれど、やるだけやってさっさと出て行くような人ではなかったことの方を認めるべきだ、と。

悪い人ではない。

酷い人でもない。

だからまた一からやり直せばいい。

昨夜のことはなかったことにして、もし……、もしも私を望んでくれる気持ちがあるのなら、謝罪も責任もないところから始めればいい。

ことが終わった後に殿方を追い出した女に、彼がまだ興味を残してくれているのなら。

今度は自分から、何を望んでいて、どれだけ彼が好きかを口に出して伝えるのもいいかもしれない。悲しくて泣いても、やっぱり彼が好きなのだから。

着替えたまま、軽食でお昼を済ませ、待っていると侍従が迎えに来る。

夜会ではなく、早い時間からパーティを始めるのは、歓迎の式典が長く続くということ。

今日の式次第は、まず陛下のご挨拶、使節団の交流の挨拶があって、舞踊団の歌舞の鑑賞。

これはアリーの風習にのっとってのこと。

それからアリーの人々には着席を許し、参加者達はダンス、アリーの人々にはそれをまた鑑賞してもらって、飲食を提供する。

これも、アリー式だ。

向こうでは、パーティの間にも飲食の提供をし、歓談することが主体だそうだから。

その間に、非公式な商談。

正式なものはまた明日、となる。

「どうぞ、こちらへ」

ぼんやり考えてる間に、控えの間に通される。

中には、何と、国王ご夫妻と王子達がいた。

青い礼服で、美しさに目を奪われそうになるルーク様も。

「まあ、とても素敵よ、アンジェリカ」

王妃様が喜びの声を上げてくれた。

「王妃様こそ、とてもお美しゅうございます」

ルーク様の母親なのだからまあまあの年なのだけれど、美形の母は美形ということか。艶《あで》やかな紫のドレスがよく似合っていて、妖艶だ。

「本日は素敵なお召し物を、ありがとうございます」

「いいのよ。でも、一言だけ言わせて。あなたの自由は私が保証しますからね」

「……はい？　ありがとうございます」

私の自由？

どういう意味かと悩んでいるとジュリアン様が目の前に立ち、正式な礼をくれた。

「もうメガネとは呼べないね。とても美しゅうございます、アーリエンス侯爵令嬢」

おしゃまで可愛い挨拶だ。

「ありがとうございます。ジュリアン様もご立派ですわ。カール様も」

二人の王子に微笑みかけると、ルーク様が私に手を差し出した。

「私達は先に出る。来なさい」

事務的な『王子』の声。

でも今はこの方がいいわ。

「はい」

彼の手を取る時、少しだけ指先が震えてしまった。気づいていないといいのだけれど。

扉が開き、私とルーク様、それに介添えの侍女に手を引かれたカール様とジュリアン様が大広間に出る。

眩い大広間にはたくさんの人。その一角に空席の一角。

「国王、王妃両陛下、ご出座でございます」

家臣の声が響き、ご夫妻が入場する。

「アリー国、ユフラス王子殿下と御一行様、ご入場」

国王夫妻が着座すると、今度は客人だ。

大きな扉が開き、ユフラス様を先頭にアリーの一行が入ってくる。

女性は一人もいなかった。あの国では、女性は働くことがないのだろう。

ユフラス様は真っすぐ王座に座る陛下に近づき、その傍らに立つ私達をちらりと見て微笑んでから挨拶の言葉を口にした。

「この度は我々の急な願いを聞き入れてくださり、ありがとうございます」

「クラックの言葉だ」

ルーク様が囁いた。通訳は必要ない、ということだろう。

挨拶は定形の、突然言い出したのに歓迎してくれて嬉しい、先日はルーク殿に失礼をした。どうかこれからは両国仲良くやっていこう、という内容だった。

応える陛下の言葉も、遠路はるばるやってきた客人を歓迎する、これからは仲良くやっていこうというものだ。

型通りの挨拶が終わると、使節団の交流が始まるはずだったのに、一つ早く歌舞団が入ってきて、見せるためのダンスが始まった。

「交流は中止ですか？」

顔を見ずに訊くと、隣から答えがあった。

「少し早めたい理由があってな」

巻きでいく、ってこと？　何か新しい予定があるのかしら？

「……君は『まだだめ』と言ったのに、我慢がきかなかったことを謝罪したい」

「……こんなところで」

「ここでなければ君は逃げるだろう。でなければ私を追い出すか。安心しろ、ダンスの音楽で私達の会話は他人には聞こえない」

国王夫妻の席は離れているし、一緒に入ってきた弟王子達はご夫妻を挟んで反対側にいる。家臣達は、一番近い宰相までも二メートル以上離れている。

生の楽団の演奏が流れる中で、私達の会話を聞ける者は確かにいないだろう。

でも、逃げられない状況でこの話題は卑怯だわ。

「欲望に負けた。君が欲しい、という。だがその欲望は君を愛しいと思う故のもので、肉欲ではない」

「ルーク様」

お互い、視線はフロアのダンスに向けられていた。

だから、彼の表情は見えなかった。

でも声はとても落ち着いている。

「私の愚行のせいで、君は結婚前に身ごもる可能性ができてしまった」

「ルーク様」

恥ずかしさに、もう止めてと少しきつめに名を呼ぶ。

「大切なことだからちゃんと聞いてくれ。私は君の泣き顔に弱い。泣かれると、何でもしてやりたくなる。どんなことでも聞いてしまう。だから、アリーでの夜も手を止めることができた。昨夜も、言い訳をせずに部屋を出た。だが誤解されたままでは私も苦しい」

二人の間に流れる明るい音楽。

魚のように、言葉の間を泳いでゆく。

それが会話の内容に似つかわしくなくて、現実味を奪う。

「私は自分の感情を優先させて結婚前の女性を抱いた。そのことに後悔はないが、行為が筋道から外れていることは自覚していた。だから、責任をとって、私から皆に伝えるつもりだと言うつもりだった。私の父と母にも、君のご両親にも。君の意思ではなく私の意思だけで行ったことだと」

「そんな……、あれは……」

「君が、あの後に自分が望んだことだと言ってくれてとても嬉しかった」

謝罪は、私が『まだ』と言った言葉をちゃんと聞いていて、覚えていて、それでも私を抱いたことに対する謝罪。

責任とは、私が不道徳な娘と思われないように、我を通した自分に責任があると他の人に説明する、という意味だった。

泣きそう。

今度は嬉しくて。

彼は、私を愛してくれていた。

でも泣いてはダメ。

こんなところで私が涙を流したら、何かと思われてしまう。

「言い訳は以上だ。今度から、謝る時はその理由を口にしてからにすることにしよう。私は謝罪することに慣れていないので、許してくれ」

そうね。王族は簡単に謝罪してはいけないと言われて育つものだもの。

ああ、それなのに、あの時彼は『すまなかった』と謝罪をくれたのだわ。

「私のせいで、君を泣かせたことを謝罪しよう。これは君の涙に対してだ。すまなかった」

私は何も言えなかった。

少しでも口を開いたら、涙が零れてしまいそうで。

オーガンジーのスカートをぎゅっと握って、自分の涙と戦っていた。

ルーク様はそれ以上何も言わず、泳ぎ回る音楽の魚の群れが私達を包み、去ってゆく。

もう一度、恋からやり直せる。

このパーティが終わったら、私の気持ちもちゃんと伝えよう。誤解をしていた、でも真実を知って嬉しかった。私も、あなたを愛している、と。

ダンスは二曲で終わり、歌舞団が下がりフロアが空く。

これも五曲は続くはずだったのに。彼は何を急いだのかしら？

「アンジェリカ」

ふいに、目の前に彼の手が差し出される。

「踊るぞ」

「あ、はい」

手を取ると、フロアに連れ出される。

他に出てくる者はいなかった。

音楽が流れ、衆人環視の中、私と彼だけが踊る。

「あの……、他の方達は……」

「私は、昨夜のことを正直に母に話した。君を妻にしたいからした事だと。一時間叱られたよ、子供の時にもあんなに怒られたことはなかったな」

王妃様はご存じだった……？

「な……何故王妃様に……」

「君の自由を保証するためだ」

「自由？」

そういえば、王妃様もさっきそんなことを……。

「君が何をしようと、君の身分も名誉も、母上が保証する。もちろん、私の手からも君を守るだろう」

音楽はまだ鳴っていた。

ダンスはまだ続くはずだった。

けれど彼はフロアの真ん中で足を止め、私の手を離した。

「ルーク様、踊らないと皆が……」

「君には、私を拒む権利を与える。私は君を泣かせた罪を負って、ここで恥をかくことになったとしても、それを受け入れる覚悟がある。だから、君の正直な気持ちを口にしてくれ」

そして私の前に跪いて、頭を垂れた。

「アーリエンス侯爵令嬢アンジェリカに、クラックの王子として、一人の男として、婚姻を申し入れる」

……え。

「君を愛している。君以外を考えられない。どうか私の妻になって欲しい」

音楽は止まらない。

だから皆はここで何が起こっているか気づいていない。

ただ、何が起こっているのかとざわついているだけ。

「もし受けてくれるなら私の手を取ってくれ。断るならば……、フロアから下りることを許可する」

跪いたまま差し出される手。

これが、どれほど大変なことかわかっている？

国王夫妻だけでなく、主だった国内の貴族達も、外国の賓客もいる中で、たとえ話の内容は知られていなくても王子が女性の前で膝を折っているのよ？

いいえ、他人のことなど関係ない。

あなたが、私を愛していると言ってくれたあなたが、私が拒むことを許可すると言って、私の裁定を待つ

だなんて。

「断ったら……、私を諦めるの？」

震える声で訊くと、彼は顔を上げ、微笑んだ。

「母上の妨害はあるだろうが、また君を追い回すよ。許してくれるまで。弟達にもユフラスにも、まして他の男にも君を渡すことなどできないからな」

その答えに、堪えきれず涙が零れる。

何より仕事が好きで、生まれ変わっても働くことばかり望んでいた。それより強く望むものなんてないと思った。

でも……

「……喜んで」

ずっと差し出されたままの彼の手を取る。

「お受けします。私をあなたの妻にしてください」

ルーク様は満面の笑顔で立ち上がり、私を抱き締め、皆が見ている前でキスした。

周囲からはざわめきだけでなく、大きな驚きの声も響く。

キスが合図だったのか、それよりも大きな声で陛下が皆に宣言した。

「本日は、アリーの方々を迎えるだけでなく、息子ルークの婚約のパーティも兼ねている。さあ皆もフロアに出てダンスを楽しんでくれ」

目をやると、陛下も王妃様も微笑んでいた。陛下も知っていたのね、ジュリアン様達はあんぐりと口を開けていたけれど。

「さあ、ユフラス殿に挨拶に行こう。君が、ただの通訳でも、愛妾でもなく、私の婚約者なのだと紹介しなければ」

もう一度私にキスして、お祝いを述べに近づいてくる人々に囲まれながらルーク様が笑った。

「私の愛する人に二度と変な気は起こさないでくれ、とね」

少し、勝ち誇ったような顔で。

あとがき

皆様、初めまして、もしくはお久し振りです。火崎勇です。

このたび「バリキャリですが転生して王子殿下の溺愛秘書として頑張ります‼」をお手に取っていただき、ありがとうございます。

イラストの池上紗京様、素敵なイラストありがとうございます。担当のN様、色々ありがとうございました。

さて、今回のお話、如何でしたでしょうか？

色々ありましたが、無事ハッピーエンドです。

父親の現王はまだまだ現役なので、アンジェリカは暫く王子妃です。が、婚約中から立場を利用して、国内の女性の地位向上のために働きます。

ルークは男性優位の世界観の中では珍しく女性にも活躍の場を、と考えている人なので、二人で国内改革に取り組むのではないかと。

学校作ったり、商売を始めたり、カフェを開いたり。動き易い服を考案したり。

二人で、国内外にお忍び旅行なんかもするかもしれません。

一方で、婚約中はまだ結婚していないわけですから、国内でルークを狙っていたお嬢様達が巻き返しを狙って戦いを挑んでくるかも。でもアンジェリカは前世で女性同士のバトルに免疫があるので、お嬢様達の嫌味なんて可愛いもんです。ルークがモテるのは、彼女にとって想定内ですし。

むしろ、気が気でないのはルークの方かも。

メガネを外し、美しくなったアンジェリカに心惹かれる男性も出てくるでしょうから。

国内では王子と争う人物は少ないかもしれませんが、諦めきれないルフラスに迫られたりするかもしれませんし。それを見て周辺国の王子もその気になるかも。

何せ、アンジェリカは有能で、ただの綺麗な貴族のお嬢様ではないのですから。

しかもアンジェリカは、自分がモテる自覚がないのでガードが甘いから、早く結婚したいところでしょう。

ただアンジェリカは結婚してもおとなしくしてはいないでしょうが。

それでは、そろそろ時間となりました。またの会う日を楽しみに、皆様御機嫌よう。

火崎 勇

ガブリエラブックス好評発売中

若き虎王の蜜愛

囚われの王女は黄金の毛並みを愛撫する

白石まと　イラスト：ウエハラ蜂／四六判

ISBN:978-4-8155-4032-6

「嫁いだ先の城にはもふもふの子虎が闊歩していて!?」

叔父の命でジェイド王国国王、オーガストに嫁いだアデレイド。弟を人質に取られ、嫌々間諜的なことをしていたが、ある夜、巨大な虎に変身するオーガストを目撃したことで互いの事情を打ち明け真に結ばれる。「愛している。私の妻は、お前しかいない」美しく優しい夫に蕩かされ幸せに浸るアデレイド。だが叔父と従兄の魔の手が二人に迫り!?

ガブリエラブックスをお買い上げいただきありがとうございます。
火崎 勇先生・池上紗京先生へのファンレターはこちらへお送りください。

〒110-0016 東京都台東区台東4-27-5（株）メディアソフト
ガブリエラブックス編集部気付 火崎 勇先生／池上紗京先生 宛

gabriella books

MGB-026

バリキャリですが転生して王子殿下の溺愛秘書として頑張ります!!

2021年4月15日 第1刷発行

著 者 火崎《ひざき》 勇《ゆう》

装 画 池上紗京《いけがみさきょう》

発行人 日向晶

発 行 株式会社メディアソフト
〒110-0016
東京都台東区台東4-27-5
TEL：03-5688-7559 FAX：03-5688-3512
http://www.media-soft.biz/

発 売 株式会社三交社
〒110-0016
東京都台東区台東4-20-9 大仙柴田ビル2階
TEL：03-5826-4424 FAX：03-5826-4425
http://www.sanko-sha.com/

印 刷 中央精版印刷株式会社

フォーマットデザイン 小石川ふに（deconeco）

装 丁 小菅ひとみ（CoCo.Design）

ISBN 978-4-8155-4047-0